BIBLIOTECA PEDRO BANDEIRA
Paixão sem fim

PEDRO BANDEIRA
CARLOS QUEIROZ TELLES

Amor impossível, possível amor

3ª edição
São Paulo

Ilustrações
ROGÉRIO BORGES

MODERNA

1ª edição 1997
2ª edição 2005

MODERNA

COORDENAÇÃO EDITORIAL Maristela Petrili de Almeida Leite
EDIÇÃO DE TEXTO Carolina Leite de Souza
COORDENAÇÃO DE PRODUÇÃO GRÁFICA Dalva Fumiko
COORDENAÇÃO DE REVISÃO Elaine Cristina del Nero
REVISÃO Lílian Semenichin
COORDENAÇÃO DE EDIÇÃO DE ARTE Camila Fiorenza
PROJETO GRÁFICO Moema Cavalcanti, Silvia Massaro
ILUSTRAÇÕES DE CAPA E MIOLO Rogério Borges
DIAGRAMAÇÃO Cristina Uetake, Vitória Sousa
PRÉ-IMPRESSÃO Alexandre Petreca, Everton L. de Oliveira Silva, Hélio P. de Souza Filho, Marcio H. Kamoto
COORDENAÇÃO DE PRODUÇÃO INDUSTRIAL Wilson Aparecido Troque
IMPRESSÃO E ACABAMENTO Corprint Gráfica e Editora Ltda.

Dados Internacionais de Catalogação na Publicação (CIP)
(Câmara Brasileira do Livro, SP, Brasil)

Bandeira, Pedro,
Amor impossível, possível amor / Pedro Bandeira Carlos Queiroz Telles. — 3. ed. — São Paulo : Moderna, 2012. — (Série paixão sem fim)

1. Literatura infantojuvenil I. Telles, Carlos Queiroz. II.Título. III Série.

ISBN 978-85-16-08174-4

12-01802 CDD-028.5

Índices para catálogo sistemático:
1. Literatura infantojuvenil 028.5
2. Literatura juvenil 028.5

EDITORA MODERNA LTDA.
Rua Padre Adelino, 758 - Belenzinho
São Paulo - SP - Brasil - CEP 03303-904
Vendas e Atendimento: Tel. (11) 2790-1300
Fax (11) 2790-1501
www.modernaliteratura.com.br
2012

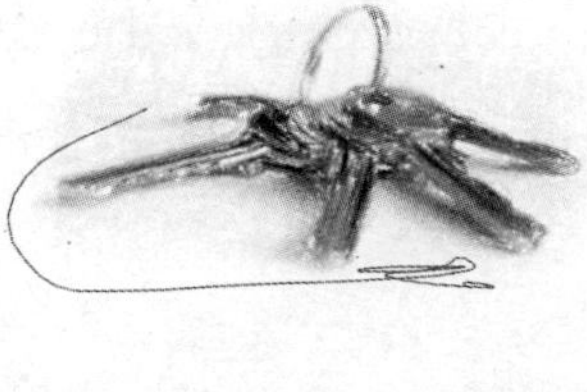

Dedico este livro a Rita Okamura,
como sei que o Queiroz também dedicaria.

Sumário

1. O vizinho da casa 6

Sem coragem de abrir a cortina, por uma fresta da janela do pequeno sobrado Fernanda espiava a mudança da casa em frente. Tristeza? Raiva? Abandono? A menina nem sabia direito o que deveria sentir. Somente a lágrima que lhe escorria pelo rosto parecia saber por que escorria.

Aquela era a casa 6, de dona Sílvia. Casinha simples, encravada na fileira de sobradinhos geminados e enfileirados ao longo da Vila dos Lilases, uma vilazinha onde não havia nenhum lilás. Só as velhas fachadas, de cores pouco definidas e já desbotadas. A casa 6 tinha sido também a casa de Clarissa, sua melhor amiga. E a casa de Daniel.

"Ai, Daniel..."

Depois de chegar da escola, naquele início de tarde cinzenta, escura, Fernanda tinha assistido a tudo desde a chegada de um tal oficial de Justiça, com uns documentos na mão.

"Um oficial de terno e gravata! Os oficiais não deveriam usar farda?", pensava a menina, enquanto via dona Sílvia assinar os papéis, de cabeça baixa, evitando olhar para as janelas dos vizinhos, que, como Fernanda, naturalmente também estavam espiando, escondidos atrás de cada cortina da vila.

Comentava-se, há meses, que aquela tragédia acabaria acontecendo mais cedo ou mais tarde. Viúva, dois filhos para sustentar com a magra pensão do falecido, dona Sílvia andava mal de vida. Mudança forçada. Um tal de despejo por atraso de pagamento de aluguéis.

Daniel e Clarissa não faziam companhia à mãe naquele vexame. Já tinham partido há dias para a casa da avó, em outra cidade.

"A única pessoa da família de dona Sílvia que vai continuar na vila é o Cotó", pensava Fernanda.

Sorriu, lembrando-se de que cachorro não é gente. Mas às vezes até parecia.

Não seria possível levar o vira-lata para o interior e ele acabou ficando com a vizinha da casa 4. Durante toda a mudança, Cotó ficou trancado no quintal ao lado. Uivando feito um condenado.

– *Auuuuuuuu... Auuuuuuuu... Auuuuuuuu...*

"Condenados não uivam, a não ser que sejam cachorros condenados a ficar para sempre longe dos donos..."

Depois de assinar os papéis, dona Sílvia aconchegou-se no casaco pesado. Ergueu a cabeça por um momento, observando o motorista e o ajudante que começavam a trazer a mudança para o caminhão. Seus olhos estavam vermelhos. Mas havia dignidade neles.

Era um caminhão simples, desses de feira. Também, a mudança era tão pequena! Camas, colchões, sofá puído, mesa, cadeiras, televisão, geladeira velha, fogão, poucos caixotes e trastes de cozinha. Em meia hora, a casa estava vazia e todos os pertences da família despejada amarrados com cordas em cima do caminhão descoberto. O motorista subiu na boleia e buzinou, chamando a dona da mudança. Dona Sílvia dava uma última olhada naquela casa onde havia morado com os filhos por dez anos.

Naquela época, Fernanda tinha só quatro anos, mas ainda se lembrava da alegria da chegada de uma nova amiga, da mesma idade dela. Clarissa. Que agora partia. Talvez para sempre. Clarissa e Daniel, o irmão mais velho, que já tinha cinco anos quando aquela família se mudara para a vila.

Do outro lado da rua, Fernanda viu dona Sílvia estender o braço para entregar as chaves da casa ao oficial de Justiça. Até aquele momento, os vizinhos tinham feito de conta que não estava acontecendo nada na casa 6, mas o gesto de dona Sílvia pareceu despertar a todos. A um só tempo, as portas se abriram, porque ninguém podia mais adiar o momento triste da despedida. E as moradoras da vila foram chegando meio sem graça, cada uma com um pacote, uma cartinha, uma lembrança.

Dona Sílvia, ao lado do caminhão, recebeu a todos com um sorriso suave.

– Leve isso, dona Sílvia. É para a viagem – oferecia uma vizinha. – Por favor, aceite.

– Obrigada.

– Entregue este pacote para Clarissa – pedia outra. – Esta lembrança eu comprei para o Daniel. Peça para eles escreverem.

– Peço, sim. Obrigada.

Com a palma da mão, Fernanda arrancou a lágrima da face e despencou escada abaixo, apertando na mão o bilhete que tinha escrito para Clarissa, em que prometia visitar a amiga. Quem sabe nas férias...

Quando chegou ao lado do caminhão, sua mãe já estava lá, abraçada com dona Sílvia. Nenhum dos moradores da casa 12 tinha aparecido para a despedida.

"A casa da Graziela, aquela fingida! Vive fazendo de conta que é minha amiga. Deus me livre que os garotos pensem que eu me dou com ela! A gente tem a mesma idade, mas ela já está com um corpo! E usa cada roupa! Metade está sempre a mostra. Ou a parte de cima, ou a parte de baixo. A tonta só se preocupa em parecer mais velha!"

Aproximou-se de dona Sílvia, estendeu-lhe o bilhete e abraçou-a, apertado:

– Este bilhete é para Clarissa, dona Sílvia. Por favor, entregue para ela...

– Obrigada, Fernanda.

Para Daniel, Fernanda não havia trazido nada.

Dona Sílvia acenou uma última vez para os vizinhos e embarcou na cabina junto com o motorista e o ajudante. O caminhão deu partida e foi embora, deixando na ruazinha da vila aquele grupo de pessoas que acenava timidamente, sem coragem para fazer qualquer comentário. Afinal, aquilo poderia ter acontecido com qualquer um deles.

– Ouvi dizer que é a própria dona da casa que vai se mudar para cá – arriscou-se a sussurrar alguém, depois que o grupo começou a se desfazer.

– Que nada! – rebateu outra voz. – A dona dessa casa deve ser uma capitalista, dessas que têm mais de vinte prédios de aluguel!

– Puxa, ainda bem que eu consegui essa casinha financiada pela caixa. Faltam só doze anos para pagar. Se fosse hoje, nem sei...

O oficial de Justiça trancou a porta da casa e olhou para a mãe de Fernanda:

– A senhora é a vizinha da frente?

– Sim. Meu nome é Luísa.

– Por favor, dona Luísa, guarde estas chaves – pediu o homem, estendendo a mão. – A senhora pode entregar para a proprietária? Ela vai passar por aqui amanhã.

Dona Luísa hesitou um pouco, mas acabou pegando as chaves sem nada dizer. O homem falou baixinho:

– Eu sei que esse meu trabalho é desagradável, mas tenho de ganhar a vida, não é?

Virou as costas, meio sem jeito, entrou no carro e foi-se embora.

Lá no quintal da casa 4, Cotó gania sem parar:

– *Auuuuuuuu... Auuuuuuuu... Auuuuuuuu...*

2. Adeus, Daniel...

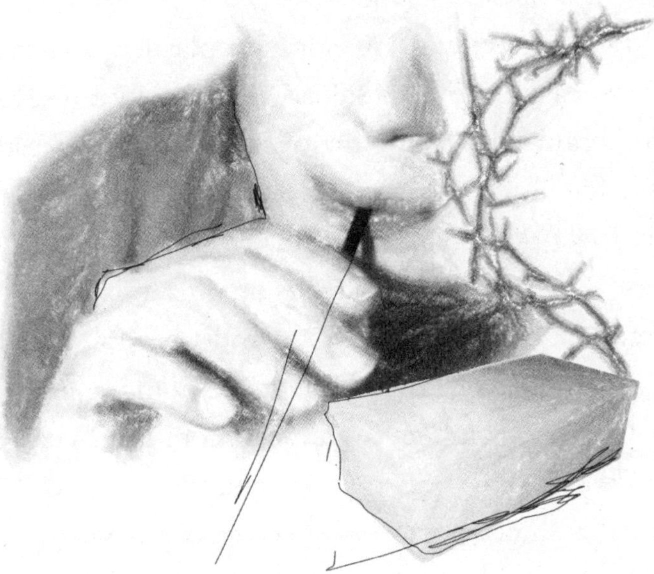

Fernanda estava sozinha, como gostava de ficar para saborear sua adoração por Daniel. Assegurou-se de ter trancado a porta do quarto.

"Pronto."

Debaixo da cama, bem no fundo, lá estava a caixa de sapatos secreta. Ela mesma arrumava e varria o próprio quarto. Por isso, a mãe nunca descobriria sua "Arca dos Tesouros de Daniel". Abriu a caixa e foi retirando lentamente, um a um, todos os pequeninos pedaços de Daniel que conseguira colecionar. Primeiro, e acima de tudo, a foto. Uma foto de carteira de estudante, pequena, furtada do quarto de Clarissa. A foto já tinha uns dois anos, e Daniel mudara muito. Mas era o mesmo Daniel.

Em seguida, um envelopinho plástico, transparente, com cascas de lápis saídas do apontador de Daniel. A lembrança já estava meio esfacelada, mas estivera nas mãos de Daniel, não estivera? Por isso, valia muito. Uma folha do fichário de Daniel, surrupiada às escondidas. Um trecho de anotações de uma aula de história. Releu pela enésima vez, saboreando a letra do garoto.

"Garranchos! Também, letra de homem, né?"

Lá estava também a gravação com a música preferida de Daniel, que Fernanda sabia de cor, acorde por acorde, nota por nota, verso por verso, palavra por palavra. No fundo da caixa estava o canudinho de refresco. Daniel pusera os lábios naquele canudinho! Fernanda lembrava-se perfeitamente de cada momento daquele lanche. Pegou delicadamente o canudinho, como se o acariciasse. Lembrou-se de uma tarde distante, os três ainda muito pequenos. Curiosos, revelavam mutuamente a própria nudez, e Daniel fora o primeiro menino que Fernanda vira nu. O primeiro e o único. E a pequena Fernanda pudera verificar que as meninas e os meninos eram diferentes. Entre assombro, fascinação e uma ponta de frustração, Fernanda descobrira na ocasião que Daniel tinha um pedacinho de carne a mais do que ela e Clarissa. Durante um bom tempo, para ela aquele pequenino apêndice era um atributo exclusivo de Daniel. Só mais tarde Fernanda aprendera que *todos* os meninos tinham um penduricalho igual àquele.

"Aquele pedacinho de Daniel deve ter mudado bastante nesses anos."

Tocou os lábios na ponta do canudinho, suavemente, como se o beijasse. Chupou lentamente. Da outra ponta, só veio ar.

"Daniel..."

Arrepiou-se, como sempre acontecia ao recordar-se daquela tarde tão distante. Sentiu o rosto quente, sentiu-se umedecer. Sacudiu a cabeça e deixou o canudinho sobre a cama. Recolheu mais um dos tesouros. O guardanapo de papel. O *seu* garoto tinha passado aquele guardanapo na boca, na mesma tarde do lanche inesquecível. Beijou o guardanapo com ternura, procurando os lábios de Daniel.

"Pena que homens não usam batom. Nem sei exatamente onde os lábios de Daniel tocaram neste guardanapo."

Por fim, novamente a foto. Olhar para ela trouxe-lhe de novo um vazio no estômago, que subiu, subiu, e empurrou a lágrima de saudade que queria explodir. Foi uma lágrima grossa, que caiu exatamente em cima da foto. O rosto de Daniel estava molhado.

"Ai, Daniel! Será que você também está chorando por mim neste momento? Ai, por que vocês tinham de ser despejados? Despejaram você para longe de mim, Daniel..."

– Hora de dormir, Fernanda! Amanhã tem aula!

De fora do quarto, a voz da mãe. As lembranças voltaram para a caixa e a caixa voltou para debaixo da cama. Abraçou-se ao travesseiro, apertado, como gostaria de abraçar Daniel.

* * *

Foi difícil adormecer. Aconchegados sob as cobertas, os pensamentos de Fernanda vagavam em torno do despejo de dona Sílvia...

"Dinheiro! Uns têm muito, outros têm médio, alguns têm pouco e muitos não têm nada. Dona Sílvia não tinha muito, mas dava para viver, pagar o aluguel, sustentar os filhos... Tudo com a pensão do marido, mais os doces que ela vendia. E, de repente, rua! Ai, a gente também é tão pobre quanto a família de dona Sílvia. Ainda mais agora, com a doença de papai..."

... mas voltavam sempre à lembrança doída de Daniel.

"Dani-Dani-Daniel! Será que eu nunca mais vou te ver? Ai, Daniel! O garoto de quem eu sempre gostei tanto... e que nunca me notou. Eu era apenas a amiguinha da sua irmã, não é? E agora, Daniel? Você nunca, nunca vai ficar sabendo. Nunca, nunca, ninguém soube. Nem Clarissa. Ai! Quantas vezes eu esperei um olhar seu, um olhar diferente para o meu lado... Do jeito com que eu sempre te olhei, meu querido..."

Mas Fernanda sabia que isso não era verdade. Seu olhar jamais havia dado uma pista, por pequena que fosse, que fizesse Daniel saber de sua paixão. Ninguém, ninguém jamais percebeu.

"E agora? Você foi para longe, para muito longe, querido. E eu vou ficar aqui, esperando... Esperando? Você nunca voltará! Daniel..."

Lentamente, viu-se perdida numa mata escura, assustadora. Fazia frio, muito frio. E ela estava nua. À sua frente, erguia-se uma alta muralha de espinhos. Fernanda sabia que tinha de passar por aquele muro. Mas como?

A parede de espinhos começou a mexer-se. A pele nua de Fernanda arrepiou-se. Frio e medo. Medo e frio. Medo e medo. Abrindo a muralha de espinhos, surgiu Daniel. Daniel! Mas era ainda o menino de cinco anos, exatamente do mesmo modo que Fernanda o tinha visto pela primeira vez. Estava nuzinho e parecia estar mais amedrontado do que ela. Fernanda olhou admirada aquele menino. Daniel estava todo arranhado pelos espinhos, com a cara cheia de esparadrapos e mertiolate. Parecia um fantasma pintado de vermelho.

Fernanda queria falar com ele, saber o que tinha acontecido, mas sua voz não saía. Tomou-o no colo, ninando-o como se acalenta uma criança. Mas

Daniel começou a crescer, a crescer sem parar. Foi ficando grande, enorme, mas sem modificar sua carinha de menino de cinco anos. Um menino imenso, maior que um homem feito.

Assustada, Fernanda largou-o. O menino pôs-se de pé. Sua expressão modificava-se. Era agora a expressão de filme de terror. No rosto, um sorriso macabro. Fernanda lembrou-se da história do tal Gulliver, que foi parar num país de gente muito pequena. Daniel parecia Gulliver, e ela, cada vez menor, era uma donzela indefesa do mundo de Lilliput.

Sorrindo, assustador, Daniel começou a avançar para ela. Era agora maior do que qualquer Gulliver, e seu pé levantava-se, pronto para soltar todo o peso do corpo em cima da menina.

– Socorro! Ele vai me esmagar! Ele vai pisar em mim como seu eu fosse uma barata! Socooorrrooooo...

Acordou sentada na cama, suando, com os olhos arregalados de medo e o coração pulando mais do que um sapo maluco.

Do quintal da casa 4, um som conhecido fez-se ouvir:

– Auuuuuuuuiiiiii! Auuuuuuu! Auuuuuuuu!

Cotó estava com o mesmo problema de Fernanda. Saudade. Uma saudade que doía e não tinha jeito.

"Pobre cachorrinho! Deve estar pensando em Daniel..."

Sentiu uma vontade incontrolável de uivar também, com a mesma saudade de Cotó. Mas as pessoas não conseguem desabafar suas dores como os cães.

"Acho que é mais fácil ser cachorro do que ser gente..."

No quintal da casa 4, Cotó continuava a uivar:

– *Auuuuuuuuiiiiii! Auuuuuuu! Auuuuuuuu!*

3. A mulher com a sombrinha

– Que raiva! – desabafava dona Luísa, servindo leite para Fernanda. – Quero só ver a cara dessa dona da casa 6 depois de fazer uma maldade daquelas com a Sílvia!

Seu Joaquim levantou os olhos da xícara de café e falou, ainda com a boca cheia:

– Culpa do governo, Luísa. Esses políticos sobem o preço do aluguel, o preço de tudo. Mas as pensões das pobres viúvas e as aposentadorias de quem passou a vida suando no batente, isso ninguém se lembra de aumentar. Políticos! Governo! Bah!

Fernanda não palpitou naquela conversa. Mas, para ela, a culpa era mesmo só daquela maldita dona da casa 6. Sentia ódio daquela mulher que nunca vira. Por causa dela, dona Sílvia teve de mudar-se para uma cidade distante. E ela perdera seu namorado secreto.

"Ai, que saudades de Daniel! Maldita proprietária! Maldito homem da Justiça!"

Os comentários do pai contra os políticos e contra todo mundo reforçavam os pensamentos de Fernanda. Coitado do pai! Afastado do emprego por doença. O que a família recebia para sustentar-se vinha da tal de "caixa".

"Meu pai está numa caixa... como minhas lembranças de Daniel..."

Nesse momento, a campainha interrompeu as preo-cupações de Fernanda. Dona Luísa levantou-se da mesa do café, de má vontade:

– Deve ser a tal mulher que botou dona Sílvia na rua da amargura. É agora!

– Vê lá o que fala, hein, Luísa? – advertiu o marido.

– Pode deixar, Joaquim. Educação eu ainda tenho.

Fernanda foi atrás. Parada na soleira da porta, uma mulher mais velha que sua mãe sorria docemente, segurando uma bolsa e uma sombrinha.

– Bom dia. A senhora é dona Luísa? Desculpe se incomodo a essa hora, mas me disseram que as chaves da casa 6 foram deixadas aqui.

Fernanda percebeu que o sorriso da mulher desarmara a má vontade da mãe.

– As chaves estão aqui, sim. A senhora não quer entrar?

– Oh, eu não queria incomodar. Sabe? Só vim ver se está tudo em ordem...

Dona Luísa passou as mãos pelo avental e insistiu:

– Mas eu faço questão. Entre! O café foi passado ainda agorinha.

A mulher sorriu, de olhos baixos.

– Bem, se a senhora insiste...

– Fernanda, faça sala para a dona...?

– Teresinha. Meu nome é Teresinha.

– Pois fique à vontade, dona Teresinha. Volto num instante.

Sumiu em direção à cozinha.

Fernanda e dona Teresinha ficaram de pé, na sala, ambas sem saber o que dizer.

– E você, como se chama?

– Fernanda.

– Você era amiga de dona Sílvia e dos filhos dela?

– S-sim... – respondeu Fernanda, meio sem graça.

– Gente boa, não é?

Cada frase demorava um século, e Fernanda pensava que aquela frágil mulher não correspondia em nada à imagem de uma perversa capitalista que bota no olho da rua uma família órfã.

A mãe voltou da cozinha com uma xícara de café fumegante.

– Tome, por favor, dona Teresinha.

– Obrigada. Um cafezinho com esse frio até que vai bem...

A mãe apontou o único sofá, onde os três assistiam à televisão.

Sentada na beiradinha, a mulher falou, com uma gostosa candura no olhar:

– Sabe, dona Luísa, eu sofri muito com essa história toda. Eu queria ajudar dona Sílvia e tentei de todos os jeitos ver se conseguia um modo de deixá-la na casa. Mas acontece que eu também fiquei viúva há pouco tempo e agora preciso da casa para morar com meu filho. Bruno. Bruno é o nome do meu filho. Ele estuda de noite e dá aulas de dia para a gente se sustentar.

– Ele é professor? – perguntou dona Luísa.

– Sim, mas é difícil encontrar emprego na área que ele escolheu. Bruno fez a faculdade de Letras e especializou-se em latim, veja só! Dá aulas particulares de francês e de inglês na casa das pessoas. Está fazendo mestrado na faculdade, mas o sonho dele é ser diplomata.

Dona Luísa puxou um pouco mais de conversa:

– E a senhora só tem esse filho?

– Só. Bruno tem vinte e oito anos já. É um ótimo filho. Nem sei o que eu faria sem ele...

"Vinte e oito?", pensou Fernanda. "Que velho!"

– Eu também só tenho a Fernanda – disse dona Luísa. – Uma ótima menina. Mas como ter mais filhos hoje em dia? A vida anda pela hora da morte, dona Teresinha. Pela hora da morte!

Dona Teresinha pigarreou e levantou-se, estendendo-lhe a xícara ainda pela metade.

– O cafezinho estava ótimo, dona Luísa. Agora, se a senhora me dá licença...

A mãe de Fernanda tirou as chaves do bolso do avental.

– Oh, mas é claro! Aqui estão as chaves. Se a senhora precisar de mais alguma coisa, não faça cerimônia, dona Teresinha. Vizinha é pra essas coisas.

– Obrigada. A senhora é muito gentil. E sua filha é uma linda garota, dona Luísa. Acho que vamos ser boas vizinhas. Bom, vou olhar como está a casa. Acho que ela precisa de uma boa pintura, não é?

– É verdade – concordou a mãe. – Essas casas são bem antigas.

– Já vou indo – despediu-se a mulher. – Dou uma espiada na casa e volto para devolver-lhe as chaves. A senhora não se incomoda de guardar para mim as contas que chegarem, não é?

– Oh, sim, é claro! Pode deixar que eu também dou uma espiada de vez em quando para ver se está tudo em ordem.

Dona Teresinha saiu e as duas viram-na atravessando a viela, com passo miúdo.

– Acho que vamos ganhar uma vizinha muito simpática – comentou a mãe, com o olhar perdido, revelando uma reviravolta em sua avaliação sobre a tal "capitalista". – Pobre dona Teresinha...

Seu Joaquim tossiu lá da cozinha:

– E então, Luísa?

– Já vou, Joaquim. Sabe? Essa dona Teresinha até que...

As vozes desapareceram como sussurros na audição de Fernanda. A imagem suave da dona da casa 6 tinha modificado seu humor. Gritou para a cozinha:

– Tchau, mãe. Tchau, pai. Estou saindo para a escola.

No caminho, procurava imaginar algum outro responsável pela perda da amiga e do namorado secreto.

"Se a culpa não é de dona Teresinha... então papai tem razão: Daniel só precisou se mudar da vila por culpa do governo. Maldito governo!"

4. Visita ao passado

Querida Clarissa,

Já faz quase dez dias que vocês se mudaram e eu estou morrendo de saudades. Todo mundo aqui na vila sente muito a sua falta. Nos primeiros dias, nem parecia que sua família tinha ido embora. Um monte de vezes eu saí para procurar minha amiga Clarissa e só depois me lembrei que... que coisa! Como a gente estava acostumada uma com a outra! Isso é que é amizade!

Outro dia apareceu por aqui a mulher que vai morar na casa 6. Ela se chama Teresinha e tem um filho que estuda na faculdade. Um velho. Já tem vinte e oito anos! Eu estava com raiva dela por causa de tudo o que aconteceu, mas acabei achando a mulher simpática. Ela também é viúva, como a sua mãe, e precisava mesmo da casa. Eu quase fiquei com pena dela. Não sei muito bem o que pensar nessas horas. Só sei que não queria que vocês tivessem se mudado.

Quem parece que está se acostumando na casa 4 é o Cotó. Depois que vocês foram embora, ele deu de uivar todas as noites. Um auuuu muito comprido e muito sentido. Saudades, não é? Mas acho que ele está sendo bem tratado.

E aí, como é que vão as coisas? Que tal a escola nova e a turma da cidade? Quero que você me escreva falando de tudo. Da cidade, da casa de sua avó, dos novos amigos, de tudo! A turminha da vila e da escola soube que eu ia te escrever e estão mandando mil beijos e abraços.

Ai, antes que eu me esqueça: sabe da maior? A assanhada da Graziela anda agarrada com o Tonhão! Os dois ficam namorando até tarde da noite no escurinho do fundo da vila. E a mãe não diz nada!

Mamãe também está mandando lembranças. Um beijo muito grande pra você, pra sua mãe, e um abraço para o Daniel. Qualquer dia a gente se encontra de novo. Me escreva, me escreva, me escreva!

Sua eterna amiga,
Fernanda

* * *

Fernanda saiu de casa para levar a carta ao correio. Na viela, à sua frente, lá estava a casa 6, descascada, olhando para a menina.

"Que tal dar uma espiada lá dentro?"

Voltou para casa e foi à cozinha. A chave estava em cima da geladeira.

"Vou lá! Ninguém vai perceber."

Atravessou a ruazinha e enfiou a chave na porta da casa 6 com cuidado, como se fosse uma ladra. A luz do dia revelou o interior vazio.

"Nossa... Com os móveis, essa sala parecia bem maior. E que sujeira!"

Arrepiou-se ao pensar que até rato poderia estar andando solto por ali. Era a primeira vez que ela entrava numa casa abandonada. Não se sentia mais como uma ladra. Sentia-se como se estivesse participando de um filme de fantasmas.

"Ali ficava o sofá e ali, a televisão..."

Às vezes ela vinha àquela sala ver a novela das seis com Clarissa. Lembrou-se como as duas se divertiam tentando adivinhar o final da história.

"O final da novela! O que terminou agora foi a *minha* novela!"

Deu uma olhada na cozinha.

"Que coisa mais triste é uma cozinha vazia!"

Sem fogão nem geladeira, apareciam todos os ladrilhos quebrados. A casa ia precisar de uma reforma.

"Puxa... e dona Teresinha disse que está curta de dinheiro! Como vai se arranjar para consertar tudo isso?"

O armário da pia ficara aberto. Parecia uma boca sem dentes.

Resolveu subir para dar uma espiada nos quartos. Escada velha, igual à de sua casa. Rangia a cada passo, revelando cada pisada.

"Com degraus assim, todo mundo fica sabendo quando alguém está subindo ou descendo."

O quarto da frente tinha sido o de dona Sílvia. Clarissa e Daniel dormiam no outro. Igualzinho ao seu. Todas as casas da vila tinham a mesma planta, só que a da casa 6 era ao contrário, como em um espelho, pois ficava em frente à sua.

Examinou o quarto vazio e lembrou-se que a cama de Clarissa ficava do lado da janela. A de Daniel perto da porta, bem encostada à parede.

"Ai, que saudades desse garoto!"

Imaginou a possibilidade de Daniel estar ali, naquele momento. Só ela e ele. Arrepiou-se. Quantas vezes ela havia querido que Clarissa sumisse para poder ficar sozinha com Daniel!

"E se ele aparecesse agora? E entrasse correndo, subisse a escada e me abraçasse forte e... e me beijasse! E dissesse que voltou só para me ver! E me beijasse de novo! E me beijasse mais ainda! E mais! Ai... Ai, ai e ai!"

Olhou para o retângulo vazio onde ficava a cama de Daniel. Sacudiu a cabeça, espantando a ideia de ver-se deitada naquela cama... com ele!

Acima do espaço da cama, a parede, com retângulos mais claros e marcas de fita crepe.

"Aqui ele pendurava cartazes de futebol. E de artistas."

Lembrou-se do cartaz de um filme famoso com uma atriz famosa e que agora nem era mais tão famosa. O cartaz com a atriz de peitões de fora. Com as duas mãos, tateou seu busto.

"É... se essa atriz é o tipo dele, como é que eu podia concorrer com esses peitões dela? Ei, que papel amassado é esse?"

Abaixou-se e pegou o papel jogado no canto. Era uma bolinha formada pelas duas metades rasgadas de uma foto.

"Deixa eu ver que diabo é isso. O que?! Um retrato da Graziela?! Com dedicatória e tudo: *Para o menino mais lindo da vila, com um beijo ardente*... ARDENTE!... *da sua Graziela!* Cachorro!"

A raiva queimava-lhe o rosto.

"Quer dizer então que aquele miserável andava com a Graziela? E eu sofrendo com medo de falar com ele! Burra! Besta! Tonta!"

Ia sair, furiosa, quando lhe ocorreu uma atenuante:

"Mas, espera aí. Se ele não levou o retrato, é sinal de que não gostava dela. Bem feito para aquela galinha assanhada! Vou picar o retrato em mil pedacinhos! Ou melhor, vou dizer para ela que achei a fotografia rasgada e jogada por aí, e devolver assim mesmo, bem suja e amassada. Ela vai morrer de vergonha! Ah, se vai!"

5. Cotovelo machucado, coração sofrido

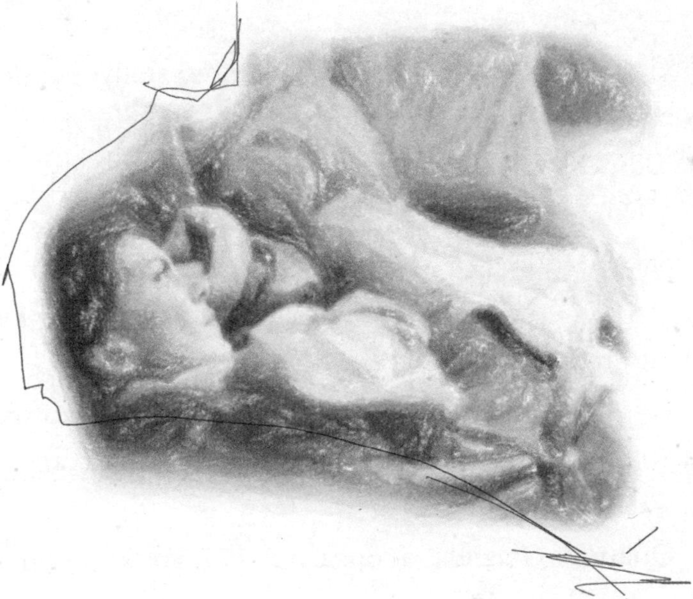

A vingança adoçava-lhe a boca, como chocolate, quando Fernanda desceu para o pátio na hora do intervalo.

Lá estava Graziela rindo no meio dos garotos.

"Lá está ela... toda exibida. Como é que os homens podem ficar tão fascinados por essa penosa?"

O rosto de Graziela estava fortemente maquiado, como se ela estivesse para ir a uma festa. Ou como se não tivesse apenas catorze anos. Sempre rindo, a cabeça de Graziela jogava-se de um garoto para o outro, e seus cabelos longos esvoaçavam como se fossem línguas procurando lamber o rosto dos rapazes.

"É agora!"

Chegou-se para a roda como se fosse por acaso.

– Oi, Graziela.

Graziela olhou para Fernanda como se tivesse sido desrespeitada alguma lei que lhe proibisse a companhia de pessoas do mesmo sexo.

– Hum? Oi.

Saboreando por dentro o provável desfecho do seu plano, Fernanda estendeu para Graziela a foto rasgada no meio.

– Sabe, Graziela? Daniel deve ter jogado no lixo esta sua foto. Eu achei que devia devolvê-la a você.

– O quê?!

Quando Graziela a encarou, Fernanda sentiu-se como se estivesse encostada a um muro, em alguma guerra, sendo fuzilada por traição.

Avermelhando-lhe o rosto, o ódio de Graziela explodiu em cima de Fernanda:

– Daniel jogou fora a *minha* foto? Ha, ha! Fui eu que dei o fora nele, sabia? Eu que não aguentava mais aquela paixão boboca dele! A gente namorou um tempão! Todo mundo sabia. E você bem queria ter sentido dentro da sua boca aquela linguona quente do Daniel, não é? Como eu senti tantas vezes! Mas eu acabei enjoando. Ele beijava bem, é verdade, mas eu tinha mais o que fazer do que ficar grudada naquele fedelho como ele queria! Você achou o quê, me trazendo essa foto rasgada? Fui eu quem rasgou! Do Daniel não quero mais saber nem pintado! Vê se te enxerga, sua invejosa!

A palidez da surpresa paralisava Fernanda. À sua frente, via Graziela terminar o discurso e, como bruxa de história infantil, arrematar as ofensas com uma gargalhada estridente, debochada. Arrancou a foto da mão de Fernanda, picou-a e jogou-lhe os pedacinhos no rosto da menina. Os garotos em torno sorriam, sem jeito a princípio, mas logo gargalhavam, juntando-se à impiedade de Graziela. Ainda rindo, a menina enlaçou os braços de dois deles e afastou-se, quase os arrastando.

Fernanda sentiu como se todos os alunos do pátio a estivessem olhando, e a algazarra normal de um intervalo de colégio apresentou-se a ela como um coro de gargalhadas. Quis morrer, quis que o cimento do pátio se abrisse e a engolisse como em um filme de terremoto. Virou as costas e correu para o banheiro. Trancou-se e descarregou a vergonha em lágrimas.

* * *

O resto das aulas passou como se o lugar dos professores junto à lousa estivesse vazio. Fernanda não escutou nem uma palavra. Em seus ouvidos ressoava a gargalhada de Graziela, em seu rosto a vergonha estava marcada e em seu coração queimava como brasa a dor de perder um Daniel que nunca fora seu.

Aguentou-se como pôde. Quando voltou para casa, estava certa de poder disfarçar o inferno que lhe queimava no íntimo. Sentou-se à mesa para o almoço, disposta a, mais uma vez, reprimir dentro de si tudo o que sentia.

Com um rabo de olho e a colher de arroz no ar, dona Luísa perguntou:

– O que foi que aconteceu, filha?

– Nada, nada... – Fernanda continuou tentando disfarçar, humilhada, envergonhada, com uma vontade doida de chorar.

– Por que não me conta o que aconteceu? – insistia a mãe.

Seu Joaquim entrou na conversa:

– O que foi? Que cara é essa, Fernanda? Problemas no colégio? Ah, nota baixa, não foi?

– Eu já disse. Não foi nada. Eu...

A raiva aumentou ainda mais quando percebeu que não ia conseguir segurar o choro. Não *podia* chorar diante dos pais. Detestava parecer criança. Levantou-se da mesa num arranco e subiu as escadas feito um rojão. Mas, no meio do caminho, não conseguiu segurar um soluço forte que na certa foi ouvido pelos pais lá embaixo. Fechou a porta do quarto com força e, com a cara enfiada no travesseiro, chorou tudo o que tinha para chorar.

Um minuto depois, a porta abriu-se suavemente. Muito de leve, dona Luísa entrou e sentou-se na cama, ao seu lado:

– Desabafa que é melhor, minha filha. O que foi que aconteceu?

– Foi o... Daniel.

A mãe não disse nada e seu silêncio funcionou como uma ajuda para Fernanda continuar lavando a alma. Ela não podia contar para a mãe o caso do retrato. E menos ainda que tinha ido mostrar a fotografia amassada para a estúpida da Graziela. Então, com a cara lavada de tanto choro e olhando para a parede, desabafou:

– Só hoje eu descobri que Daniel e Graziela estavam namorando há um tempão! Namoro sem-vergonha, de beijo na boca e de amasso! Todo mundo sabia, menos eu!

– E como é que você ficou sabendo? – perguntou a mãe.

– Graziela me jogou tudo na cara! Com detalhes! Ela falou...

– Você gostava muito dele, não é, minha filha?

– Você sabia?

– E quem é que não sabia? Você não tirava os olhos dele, Fernanda. Mas Daniel já foi embora e nem adianta sofrer porque ele andou namorando com essa ou com aquela. Eu sei como são essas coisas. Logo, logo você vai se esquecer desse menino.

Fernanda não falou mais nada. Abraçou a mãe bem apertado, sem medo de parecer criança que pede colo. Aos poucos, sentiu que sua tristeza já nem era mais com Daniel. Tudo o que ela queria era encontrar uma maneira de vingar-se da Graziela.

* * *

A noite estava quente e muito escura. Então ela saiu de casa para visitar Clarissa. Quando estava atravessando a vila, alguém pulou de trás de um carro, agarrou-a e começou a abraçá-la e a apertá-la e a beijá-la e a chamá-la de...

– Gra, Graziela, Gracinha!

Ela não sabia quem era e queria fugir, escapar, gritar, mas podia ser Daniel... E aí, se fosse ele... De repente, acenderam-se os faróis de todos os carros e ela se viu pelada no meio da vila. Todos a espiavam pelas janelas e davam risada.

Acordou suando de tanto medo.

"Menino bobo! Garoto besta! Moleque burro. Ah, que nada! Boba, besta e burra sou eu que passei anos gostando do Daniel sem conseguir falar nada. Ele foi embora e eu fiquei aqui, sozinha. Ah, eu odeio a Graziela! Odeio! Odeio! Odeio!"

Do quintal da casa 4 vinha o lamento triste do Cotó:

– Auuuuuuuu... Auuuuuuuu... Auuuuuuuu...

6. Cabeça em obras

Começaram a reformar a casa 6. Chegou o caminhão com alguns sacos de cimento, areia e latas de tinta. Pelo jeito, eram só uns consertinhos mais a pintura. Pouca coisa. Quando a pintura externa estava chegando ao fim, era a única das casas da vila que parecia nova.

A casa de Fernanda, que vergonha! Estava com a pintura toda descascada, e volta e meia a mãe resmungava:

– Quando seu pai voltar a trabalhar, a gente manda pintar a casa.

Fernanda duvidava. A doença do pai estava com cara de que ia demorar. Começara com uma canseira sem fim, falta de ar, dificuldade para subir a escada... Depois vieram as dores no peito. O médico recomendou repouso durante um mês, mas não adiantou muito. Aí ele foi parar na tal de caixa. Coisa do governo. Fernanda só sabia que ele estava recebendo muito menos do que ganhava na firma.

– Renovaram minha licença por mais três meses – reclamara ele depois do último exame médico.

Quem estava tendo de se virar era a mãe. Além de tentar manter a casa com o salário reduzido do marido, ainda tinha de aguentar-lhe o mau-humor. De cara fechada, ficava o dia inteiro na frente da televisão, sem encontrar nada para fazer.

Fernanda já se oferecera para procurar algum serviço de meio período, mas o pai tinha ficado uma fera:

– Você trate de terminar seus estudos e se preparar para o vestibular! Daqui a três anos quero ver você na faculdade. Enquanto eu estiver vivo, mulher nenhuma desta casa vai precisar trabalhar!

– Calma, Joaquim. Você não pode ficar nervoso – a mãe cortara a bronca.

Fernanda não queria ofender o pai, mas achava que ele tinha se sentido meio inútil com sua ideia de arrumar um emprego. Bobagem... Tinha horas em que ela pensava que o pai estava perdido no tempo. Nunca deixara que a mãe trabalhasse fora de casa, e mesmo agora, com esse aperto danado, continuava o teimoso de sempre.

– Essa vila toda está um lixo! – comentava seu Joaquim cada vez que olhava para a movimentação na casa em frente. – Logo que eu voltar ao trabalho, vou dar um jeito de tirar a gente dessa velharia! Vendo isso aqui e nos mudamos para um apartamento!

Dona Luísa não concordou:

– Que é isso, Joaquim? A casa é nossa. É velha, mas é nossa. Nossa primeira casa. Foi aqui que Fernanda nasceu. Eu gosto muito daqui. Você não gosta, Fernanda?

A menina sorriu. Sabia que o plano de mudar para uma casa melhor não passava de um sonho do pai. Quando ele voltasse ao trabalho? Será que o pai ia voltar um dia ao trabalho?

Pensando bem, agora que Daniel tinha ido embora, ela estava de acordo com o pai. A vila tinha mesmo cara de gente velha. Fernanda achava até que gostaria mais de morar num apartamento, como a maior parte das meninas da classe. Em alguns prédios tinha até piscina e salão de festas!

* * *

No fim da tarde, ela resolveu xeretar a reforma da casa 6. Depois que o pintor já tinha ido embora, pegou a chave e foi dar uma espiada, enquanto a mãe preparava o jantar.

Que surpresa! Pintada, clarinha, a casa parecia muito maior do que era antes. Até uma janelona tinha sido aberta na cozinha. Estava muito mais iluminada.

Ficou com uma pontinha de inveja. Queria que sua casa também ficasse assim, iluminada e colorida.

"E lá em cima? Como ficou? Vou ver..."

Quando estava na metade da escada, ouviu o barulho de alguém abrindo a porta. Como não estava trancada, a pessoa entrou e perguntou:

– Tem alguém aí?

Era uma voz de homem, e ela ficou com medo. Podia ser algum desconhecido, um bandido, um tarado!

– Tem alguém aí? – insistiu a voz.

Não havia como esconder-se. O jeito era descer e tentar explicar por que é que estava ali.

– Já estou descendo – foi só o que conseguiu dizer.

Quando viu quem era, acalmou-se um pouco. Um moço bem vestido, segurando uma pasta embaixo do braço. Olharam-se um tempo, sem saber bem o que dizer.

– Você mora aqui na vila, não é? – perguntou o rapaz.

Ela fez que sim com a cabeça. Ele chegou mais perto e estendeu-lhe a mão com um sorriso:

– Meu nome é Bruno. Sou filho da dona Teresinha. No mês que vem a gente vem morar aqui.

Sem saber muito bem o que fazer, Fernanda apertou-lhe a mão.

– Eu sou Fernanda...

Só não explicou o que estava fazendo na casa. Isso, felizmente, ele não perguntou. Mas, notando que ela estava sem graça, esticou o papo:

– O que você está achando da reforma?

– A casa vai ficar muito bonita – foi tudo o que ela conseguiu falar. E logo emendou: – Agora, com licença, eu tenho de ir ajudar minha mãe. Até logo...

Tratou de passar rapidinho pelo moço que a olhava com uma cara de quem está se divertindo com alguma coisa. Quando ela já estava na calçada, ouviu uma frase que lhe esquentou as orelhas:

– Não esqueça de levar a chave. Está na fechadura da porta.

"Que vergonha, meu Deus!"

Sem tirar os olhos do chão, pegou a chave e saiu correndo para casa. Não podia jurar, mas tinha quase certeza de que o tal Bruno caíra na risada assim que ela lhe voltou as costas.

* * *

"Eu odeio fazer papel de idiota! Eu odeio fazer papel de boba! Eu odeio fazer papel de criança! Eu devia ter inventado uma história qualquer para explicar o que é que eu estava fazendo naquela casa. Que tinha ido investigar um barulho... ver se o pintor tinha deixado a porta aberta... isso seria uma boa desculpa. Ele ia ficar agradecido. Droga! Depois do sufoco, parece fácil inventar uma história, mas, na hora do aperto, as ideias sempre desaparecem. Imagino só o que ele deve estar pensando de mim... Uma garotinha metida! Nunca mais vou conseguir olhar para a cara do Bruno. Quando eles se mudarem, vai ser aquela vergonha. Tomara que essa reforma desgraçada não acabe nunca mais!"

* * *

No dia seguinte, todos foram comunicados que a vila mudaria de nome. Os políticos tinham decidido, e a Vila dos Lilases foi rebatizada pela prefeitura com o nome de Vila das Perdidas Ilusões. O pai ficou furioso quando viu a placa:

– Isso lá é nome que se dê a uma rua? Vou fazer um abaixo-assinado! Ainda bem que eu não votei nessa gente!

É claro que o protesto era só da boca para fora. Seu Joaquim não tinha forças para mais nada.

Dona Luísa deu de cantarolar a tal canção:

– Minha viiiida era um paaaalco iluminaaaado, eu vivia vestiiiido de douraaado, palhaço das perdiiiiidas ilusõõõões...

E, todas as vezes, o pai grunhia na poltrona:

– Não me provoca, Luísa!

– ... e a lua furaaando nosso zinco, salpicava de estreeeelas nosso chããão...

7. Abençoado correio!

Querida Fernanda,

Recebi sua carta contando as novidades da turma. Que saudades, menina! Por aqui a gente vai se adaptando à vidinha de Águas Belas. A cidade é pequena, as pessoas são calmas. Todo mundo aqui vive de fazer tricô. Todos os domingos tem feira na praça central. As pessoas vêm de longe comprar malhas, casacos, meias e luvas.

Eu e Daniel vamos e voltamos a pé da escola. Tem sempre algum colega que segue com a gente no caminho.

Eu já falei de você com minha avó e ela disse que você pode vir passar as férias aqui em Águas Belas. Mamãe está trabalhando e a gente está se ajeitando. Converse com seus pais. Tomara que eles deixem. Escreva logo contando tudo. Tudinho!

Um beijo,
Clarissa

P.S.: Ah, eu ia esquecendo da fofoca. Mostrei sua carta para o Daniel e ele deu muita risada com a história do Tonhão e da Graziela. Disse que ela é uma oferecida e por isso todos os meninos do bairro fazem de conta que estão apaixonados por ela. Só pra se divertir!

* * *

"Bendita Clarissa! Bendito Daniel! Vou mostrar a carta para todo mundo na vila! Desta vez a Graziela me paga! Vai engolir tudo que me disse do tal namoro com Daniel. Agora a assanhada vai saber que os meninos só querem se aproveitar dela. Acho que vou tirar uma cópia da carta e pendurar na porta da casa dela! E depois, nas férias, lá em Águas Belas, não vai ter Graziela nenhuma para me atrapalhar. Desta vez Daniel vai perceber que eu o amo, que eu o adoro de paixão! Ora se vai!"

* * *

Mal pôde dormir, na expectativa da tremenda vingança do dia seguinte. Agora Fernanda tinha todas as armas para devolver com juros os pedacinhos da foto jogados em seu rosto por Graziela.

As duas não estudavam na mesma classe. Por isso, o plano só poderia ser executado no intervalo. Depois do sinal, lá estava Graziela, novamente cercada pelos garotos embevecidos. Fernanda aproximou-se por trás dela, a tempo de ouvir o fim da conversa:

– E já estou matriculada, pessoal! Meu pai concordou em pagar o curso de modelo. Vai ser uma vida sensacional! Já imaginaram? Sair na capa de todas as revistas? Depois, quem sabe... a televisão?

Fernanda tentou afastar-se, mas Graziela já tinha se voltado para ela.

– Ha, ha! É você, Fernanda? O que quer desta vez?

Sorria, superiora, pronta a golpear novamente, na primeira oportunidade.

A menina baixou os olhos e respondeu, casualmente:

– Nada. É que recebi carta da Clarissa.

– Clarissa? Quem é essa?

– Ora, Graziela, é a irmã do Daniel!

– Do Daniel? Ah, eu sabia que tinha de ter Daniel no meio dessa conversa. E o que dizia a tal cartinha?

– É que... está tudo bem por lá, com eles e...

– E o que é que eu tenho com isso?

– É que... Daniel lhe manda lembranças.

Graziela hesitou um pouco, surpresa. Depois concluiu:

– Tá. Lembranças recebidas.

E voltou as costas para Fernanda, continuando a conversa sobre o curso de modelo.

* * *

Na aula de História, logo em seguida ao intervalo, Fernanda guardou a carta de Clarissa bem no fundo da mochila. Devia estar furiosa da vida com a própria timidez, mas, na verdade, sentia-se aliviada. Não podia lutar com Graziela com as mesmas armas da exibida. Não sabia fazer isso. E, depois, lutar por que causa? Por Daniel? Por Daniel, que nem tinha mandado um recadinho para ela pela carta da irmã?

"Ai, Daniel..."

Tentou lembrar-se do rosto do namorado secreto. Como estaria ele agora? Só conseguia lembrar-se da carinha de menino da foto 3x4, zelosamente guardada na Arca dos Tesouros. Fechou os olhos e concentrou-se no prazer proibido de lembrar-se do Daniel nuzinho de tantos anos atrás, imaginando gostosamente o que aqueles anos deveriam ter feito com aquele pedacinho fantástico de... de homem!

8. Um bimestre desastroso

Durante o resto do tempo em que a pintura da casa 6 progrediu, Fernanda não viu mais Bruno, mas dona Teresinha aparecia de vez em quando para acompanhar o trabalho. Sempre acabava no sofá da sala da casa de Fernanda, tomando cafezinho com dona Luísa. Fazia cerimônia todas as vezes, mas aquelas visitas acabaram se tornando um hábito e as duas já conversavam como comadres antigas.

Todo mundo na vila estava comentando que a casa 6 tinha ficado uma beleza. Podia ser. Depois que fora surpreendida por Bruno, Fernanda nunca mais voltara lá.

Na última semana, dona Teresinha e o filho vieram ver a casa quase todos os dias. Fernanda tratara de ficar em seu quarto, espiando por trás das cortinas da janela.

"Em que quarto o Bruno vai ficar? No mesmo de Daniel e Clarissa? Bruno... Pensando bem, até que ele é bonito. Pena que seja tão velho."

* * *

Tinha acabado. A reforma tinha terminado. O pintor havia ido embora e a mudança deveria chegar no dia seguinte. Fernanda foi para a cama sem saber por que se sentia ansiosa por ver a casa 6 ocupada novamente.

"Ah, eu queria é que a família de dona Sílvia estivesse voltando para a casa 6. Ah, estar com a Clarissa de novo, para fofocar todas as tardes! E com o Daniel para... para quê?"

Naquela noite, deitou-se sem remexer na Arca dos Tesouros de Daniel.

Fechou os olhos, tentando imaginar como seria a cidadezinha de Águas Belas, com suas tricoteiras, sua pracinha cheia de casais de namorados... No meio da cidade imaginada, tentou colocar as imagens de Clarissa e Daniel. Quando o sono chegou, em sua imaginação Graziela e Daniel passeavam na pracinha de Águas Belas. De mãos dadas.

Lá fora, a noite estava feia, sem estrelas, e Cotó não estava uivando quando Fernanda adormeceu, percebendo que não conseguia mais sentir a mesma raiva de Graziela.

"Não, eu não quero ser como ela. Quero ser como eu mesma. Mas... como é que eu sou?"

* * *

Fernanda saiu cedo para a escola e não viu a chegada do caminhão de mudanças. E voltou das aulas carregando um peso desagradável na mochila. O peso do boletim do bimestre. Não pesava na mochila. Pesava na consciência. Tinha de entregá-lo aos pais e devolvê-lo assinado no dia seguinte. Ai, o bimestre tinha sido um desastre! A cabeça de Fernanda andava nas nuvens. Em vez de matemática ou ciências, dentro de si só cabia Daniel, Clarissa, Graziela, a doença do pai... Ao passo que as provas... bom, tinham sido as piores provas de sua vida escolar.

Quando chegou à vila, mal olhou para a casa 6, que tinha se tornado a mais bonita de todas: branquinha, já tinha até vasos de gerânio nas janelas.

Entrou em casa e beijou a mãe. Decidiu não adiar a tempestade. Meteu a mão na mochila e estendeu o boletim para dona Luísa:

– Mãe, hoje é dia de boletim.

Dona Luísa enxugou as mãos no avental e abriu o papel. Não disse nada. Ou melhor, respondeu com um suspiro. A menina já esperava por isso.

* * *

O almoço tinha terminado e o boletim de Fernanda estava nas mãos de seu Joaquim.

– Senta aí, Fernanda.

Esse era sempre um dos piores começos de papo que ela conhecia. Lá vinha bronca.

– O que é que está acontecendo com suas notas?

Fernanda, de olhos baixos, não disse nada.

O pai estava paciente, doce. Tentava ser compreensivo.

– Você está com algum problema, minha filha?

Problemas, problemas... Será que adiantava tentar explicar para ele que a cabeça andava girando?

– Vou melhorar, pai. Prometo.

A mãe, fingindo-se o tempo todo ocupada arrumando coisas, não perdera uma palavra da conversa, e sugeriu:

– Acho que essa menina precisa de aulas particulares, Joaquim.

O pai abriu a boca para responder. Fechou-a em seguida e levantou-se. As duas sabiam o que pensava o homem da casa: onde arranjar dinheiro para pagar aulas particulares?

* * *

Fernanda passou o dia no quarto e só desceu para o jantar.

– Preciso estudar, mãe...

Mal tocou na comida e logo subiu, sem ficar para assistir à novela.

– Essa menina está emagrecendo, Joaquim. Também, não come nada...

No quarto, Fernanda não abriu livro algum. Fechou-se. Não conseguiu nem chorar.

9. Aquilo que Fernanda sabe

– Ah, mãe! Que vergonha! Você foi falar do meu boletim para os vizinhos?

O almoço do dia seguinte estava temperado pelas esperanças de dona Luísa, pela expressão de alívio de seu Joaquim e pela vergonha de Fernanda. A mãe tinha falado com dona Teresinha e apresentava agora a proposta salvadora que fizera a nova moradora da casa 6:

– Não foi para os vizinhos, Fernanda. E não fui fazer nenhuma fofoca. Imagine se eu sou de fofocas! Foi só uma conversa, assim, sem intenção. Ela falou do filho e eu falei de você. Disse só por alto que o nono ano é muito duro e que você talvez precisasse de reforço.

– E isso não é fofoca, mãe?

– Fique quieta, Fernanda – cortou seu Joaquim. – Deixe sua mãe terminar.

– Pois é, minha filha. Dona Teresinha falou com o filho e ele concordou: Bruno pode dar aulas particulares para você. E não vai cobrar nada!

– Aulas para mim? Mas dona Teresinha disse que ele é professor de inglês e francês. E o que eu não sei é matemática! Além de gramática, é claro.

A mãe encerrou as dúvidas:

– Um rapaz como ele, instruído, pode dar aulas de qualquer matéria, Fernanda.

À noite, abraçada ao travesseiro, a menina adormeceu pensando:

"Ele pode dar aulas de qualquer matéria! Para qualquer aluninha boba. Como eu, né? Hum, acho que não vou gostar dessas aulas!"

* * *

"Que vergonha!", pensava Fernanda ao atravessar a ruazinha da vila na direção da casa 6. "Com que cara eu vou aparecer lá? Bruno vai achar que eu sou uma burra!"

Ela gostaria que a distância entre as duas casas fosse enorme, e não apenas de alguns passos. Desejou que a casa 6 ficasse em outro bairro, do outro lado da cidade, que ficasse até em outra cidade. Águas Belas, talvez? Será que Daniel precisava também de aulas particulares?

Terça-feira. Nas noites de terça e quinta, Bruno não tinha de ir à faculdade para seu curso de mestrado. Seriam esses os dias de aulas particulares para a "bobinha da casa da frente".

"Mestrado, o que será isso? Deve ser curso para virar professor de faculdade."

Eram seis e meia em ponto, a hora combinada para as aulas que deveriam durar uma hora. O jantar na casa de dona Luísa saía às sete e meia para que a louça já estivesse lavada na hora da novela. De dentro da casa 6, vinha um cheiro gostoso. Dona Teresinha devia estar fritando tempero para o arroz. Ajeitou a mochila no ombro e tocou a campainha.

– Oi, Fernanda! Gostei da pontualidade.

Bruno sorria amigável. Estava vestindo uma malha marrom-avermelhado, bem justa no peito. E tratava a aluna como se ela fosse uma criancinha.

"Não vou gostar dessas aulas", pensava a menina entrando na casa.

A nova decoração da sala estava bonita. Não havia nada que lembrasse a casa dos tempos da família da dona Sílvia. O tapete era novo e as poltronas pareciam ter sido forradas recentemente. Já escurecia, e a sala estava discretamente iluminada por abajures. Menos sobre a mesa de jantar. Acima dela, uma lâmpada pendia improvisadamente de um fio. Dona Teresinha e Bruno ainda não tinham comprado um lustre para completar a decoração.

"Será que acabou o dinheiro para as reformas?", pensava a menina. "Ou vai ver eles ainda não tiveram tempo para comprar um lustre."

– Venha, Fernanda. Vamos sentar aqui. – Bruno puxou uma das cadeiras da mesa e apontou outra para Fernanda. – Acho que primeiro a gente deve bater um papo, não é? Preciso descobrir o que você sabe.

– Bom, eu estou meio fraca em matemática... e em análise sintática.

Bruno sorriu daquele jeito bonito que deixava Fernanda com raiva: era o sorriso que todo adulto usa quando não quer brigar com uma criança que acabou de fazer uma reinação.

– Não, Fernanda. Eu preciso descobrir é o que você *sabe*. E daí, continuamos...

– Como assim, *o que eu sei*? O que eu sei eu já sei. Meu problema é o que eu não sei.

Com paciência, um jeito superior que lembrava o tal sorriso, Bruno pegou uma folha branquinha e, com uma caneta, desenhou a curva de uma montanha, com um zigue-zague em um dos lados, formando os degraus de uma escada:

– Olhe, querida. O conhecimento humano vem se acumulando há milhares de anos. Hoje, já formou uma montanha enorme. Vamos fazer de conta que, para chegar ao alto dessa montanha, exista uma escada. Todas as pessoas estão em algum ponto dessa escada, em algum de seus degraus. E vão subindo, degrau por degrau.

– Então eu acho que estou descendo.

– Não se desce a escada do conhecimento, querida. Uns sobem mais depressa do que os outros. Outros, coitados, por falta de condições, são obrigados a ficar parados nos primeiros degraus. Muitos, mesmo tendo a oportunidade de subir, empacam e cismam em ficar parados porque querem ou porque são preguiçosos demais. Desse modo, um bom professor precisa saber em que degrau está seu aluno para, a partir dele, ajudá-lo a subir a escada com segurança.

Fernanda gostou da comparação:

"Deve haver uma escada dessas para os amores acumulados. E a humanidade inteira está na minha frente..."

A voz de Bruno, aos poucos, ocupou toda sua atenção. O professor folheava os cadernos da nova aluna e fazia comentários sempre elogiosos, pois só apontava os acertos de Fernanda, nunca seus erros. Ele queria começar as aulas a partir dali. Do que Fernanda já havia conquistado. O resto, o que faltava, a menina começaria a conquistar com a ajuda de Bruno.

"Será que ele me ajuda a conquistar o Daniel?"

Não, não era essa a escada que o jovem professor queria desvendar para Fernanda.

"Puxa, ele tem o dobro da minha idade!"

10. Aquilo que Fernanda não sabia

Naquela noite, sentada no tapete, aos pés do sofá ocupado pela mãe e pelo pai, Fernanda via as imagens da novela correrem-lhe à frente dos olhos, sem conseguirem sobrepor-se à outra novela que se desenrolava dentro de sua cabeça.

O galã, o famoso Sílvio Marcos, um morenão daqueles queimados de praia, abraçava a namorada e sussurrava, sedutor:

– Querida...

"Querida... O Bruno ficou me chamando de 'querida' o tempo todo. É como aqueles professores cheios de vento, que tratam a gente como criança. Só faltou me chamar de 'queridinha'..."

O morenão beijava longamente os lábios da atriz. Uma comichão gostosa eriçava os bicos dos seios de Fernanda. Nessas horas, costumava imaginar-se nos braços de Daniel, sorvendo o beijo que ela nunca tinha recebido de ninguém.

Naquela noite, o galãzinho que a beijava em pensamento estava sem rosto.

"Ai, como estará o Daniel agora? Com *quem* ele estará?"

Arrepiou-se. Pela primeira vez, pensava que Daniel poderia já ter arranjado uma namorada em Águas Belas.

"Ai, Daniel..."

Mas a capacidade de concentração da menina devia estar em baixa naquela noite, pois a imagem do rosto bonito de Daniel teimava em fugir-lhe da lembrança.

Cotó devia ter ido dormir cedo, pois a noite na Vila das Perdidas Ilusões passou-se sem uivos de saudade.

* * *

A quinta-feira demorou a chegar. Quando a porta da casa 6 se abriu e Bruno entrou sorridente, Fernanda já estava em sua cadeira, à espera. Na mesa, um pratinho com biscoitos e a bandeja com o bule de café de porcelana antiga, toda trabalhada com flores em relevo. Dona Teresinha sabia receber bem as visitas, mas a menina não gostava de café.

– Oi, Fernanda! – cumprimentou Bruno. – Você não imagina que trabalho me deu a aula de hoje!

E desandou a falar de uma velha rica que lhe pagava muito bem por um curso particular de francês. Tinha tanto dinheiro que até havia comprado um apartamento em Paris, para onde ia pelo menos três vezes por ano.

– Imagine: a pobre acha que para falar francês basta fazer biquinho. Ah, parece que está dando beijos no ar, coitada! Mas não consegue nem falar um *merci beaucoup* que dê para entender! Hum, me desculpe, um professor não pode falar mal de seus alunos. Não é ético. Na verdade, essa aluna é uma senhora adorável. Muito gentil e carinhosa. Casada com um importador de vinhos riquíssimo. Mas, coitada, nunca leu nada na vida. É, querida, dinheiro e cultura nem sempre andam juntos!

"Lá vem o 'querida' de novo..."

* * *

Fernanda gostou daquela aula. E continuou gostando das outras que se seguiram. Bruno fazia de cada uma daquelas horas das terças e das quintas uma diversão. No mês seguinte, ele arranjou uma hora extra nas sextas. Duas semanas depois, havia mais um horário aos sábados de manhã. Esta era a aula mais longa e gostosa, reservada à revisão de português.

– Não vou carregar em análise sintática, querida. Acho que seu professor de português é... bem, não concordo com ele. Ele carrega muito na gramática. Sempre gosto de comparar o aprendizado de uma língua com o aprender a dirigir. Para dirigir bem um carro, ninguém precisa conhecer mecânica. Se o sujeito já é um bom piloto, o conhecimento de mecânica ajuda-o a tornar-se um piloto ainda melhor. Mas, se uma pessoa não sabe dirigir, de que adianta ensinar a ela a diferença entre o virabrequim e o burrinho da panela?

Fernanda ria com gosto naqueles momentos. As peças do motor de um carro tinham nomes mais complicados do que o palavrório que ela precisava decorar para as provas de gramática.

– Só vamos tratar de gramática quando for preciso, para explicar melhor os progressos que você for conseguindo, querida. Nossa língua é maravilhosa, Fernanda. Para conhecê-la bem, é preciso que você a veja viva, apaixonada, sangrando nos textos fantásticos de nossos poetas e romancistas. Nas emoções desses textos, você compreenderá muito melhor o funcionamento do seu próprio idioma do que decorando nomenclaturas gramaticais.

Os sábados eram dedicados quase que somente à literatura, e Fernanda passou a adormecer todas as noites de luz acesa, deixando cair algum dos livros emprestados por Bruno. Ele não tinha nenhum de literatura juvenil, desses que a gente tem de ler para prova na escola. Em compensação, os livros que tinha e lhe emprestava foram conquistando a sensibilidade de Fernanda.

"Ah, como é que esse poeta português sabia que eu sentia *exatamente isso*?", admirava-se a menina lendo o tal Fernando Pessoa, uma das revelações de Bruno. "O mesmo nome que o meu, só que de homem. Vai ver é por isso. Uma questão de nome igual. Puxa, parece até parapsicologia! Esse Fernando Pessoa já morreu há muitos anos. Como é que ele podia adivinhar que eu, tanto tempo depois, podia estar sofrendo por causa do problema deste poema aqui?"

Navegava de um verso a outro, de um poema a outro, de um Fernando a outro, descobrindo que aquele poeta fora muitos, de Álvaro a Alberto, de Augusto a Ricardo, de Ricardo a Fernando, de Fernando a Fernanda...

"Ele foi muitos... e agora ele é eu..."

Fernanda leu também um poema que foi uma surpresa das grandes, pois falava justamente dos complexos da menina pelo tamanho dos seios! Seu autor: Carlos Queiroz Telles, que também já tinha morrido.

"Quem terá contado o que eu sinto ao Fernando e ao Carlos? Eu nunca falei sobre nada disso para ninguém!"

A menina aos poucos foi descobrindo, pelas mãos de Bruno, que todos os sentimentos da Humanidade moravam em seu coração. Foi tão gostoso descobrir isso, tão gostoso...

* * *

Estava numa praça. Era mesmo uma praça? Parecia ser sim, mas daquelas dos filmes sobre o tempo antigo, cheia de mercadores, carroças com frutas e verduras, soldados com lanças e capacetes, muito barulho, muita sujeira e muita gente estranha vestida com roupas engraçadas.

Onde ficaria aquela praça? Seria a pracinha de Águas Belas? Não parecia ser, mas... lá estava Daniel, passeando abraçado com uma garota que Fernanda não conhecia. Espere: era Graziela! A danada, galinhosa, contava às gargalhadas para Daniel sobre seu sucesso como a modelo mais linda do Brasil.

Fernanda quis gritar, chamar a atenção daquele casal, dizer que ela estava ali, que... mas dois velhos, vestidos com mantos de veludo, cortaram seus passos. Tinham longas barbas brancas e sorriam para ela. Fernanda não conhecia nenhum deles, porém, de repente, soube quem eram: Fernando e Carlos! Os poetas!

O sorriso dos dois era mudo, parado, como nas fotografias, mas diziam, sem mexer os lábios, que eles sabiam tudo o que ela sentia, tudo o que ela pensava, que ela jamais poderia ter segredos para nenhum deles.

– Eles sabem quem eu sou! Sabem que eu gosto do Daniel! Vão descobrir a Arca dos Tesouros! Ai, que vergonha!

Fernando e Carlos falavam, sem se mover, com uma voz única, que ressoava dentro do espírito de Fernanda. Diziam que sabiam de tudo, de cada detalhe, de cada segredinho da menina.

– Está tudo escrito, Fernanda. Está tudo lá, nos nossos livros, escritos muito antes de você nascer... Leia, Fernanda, leia a sua própria alma, Fernanda...

– Querida... querida...

Era Sílvio Marcos, o galã moreno da novela que, dessa vez, avançava para ela. Vinha com a boca semiaberta, úmida, pronta para beijá-la...

– Querida...

O galã transformara-se em... em Bruno! E a abraçava, e ela sentia o perfume daquela colônia masculina, aquele cheirinho de homem que a envolvia todos os fins de tarde de terça, de quinta, e agora de sexta-feira... e de sábado... E de todas as noites, na memória, quando ela adormecia com os poetas e com a imagem de Bruno projetada na tela escura de seus pensamentos...

– Bruno... ai, Bruno...

* * *

Acordou sem sobressaltos. Molhada e satisfeita. Lá fora, a noite era escura demais e Cotó estava calado.

"Fernando e Carlos! Já estão mortos? Mas eu fico lendo o que eles escreveram, curtindo o que eles queriam que eu curtisse. Será que eles estão mortos mesmo? Dentro de mim, eles estão vivos... Acho que os poetas não morrem nunca. Acho que viram anjos... Boa noite, Fernando. Boa noite, Carlos."

Respirou gostoso, sentindo o sono voltar e adormeceu balbuciando:

"Boa noite, Bruno..."

11. O anjo peralta

Graziela estava insuportável naquela manhã! Já era bastante chato ter de ouvir aquele papo de curso de postura, de desfile, de modelos magérrimas, de regimes de fome, de fotos e tudo mais. Só que, daquela vez, havia um convite para um teste de um comercial de televisão. E quem poderia aguentar a Graziela com uma bomba dessas?

– É só o começo, pessoal, isso é só o começo, vocês vão ver!

– Vai ser anúncio de quê, Graziela?

– Parece que é de iogurte, ou de refrigerante, nem sei bem. Mas dizem que é uma agência grande, dessas que filmam um comercial por dia. Se eles gostarem de mim, acho que outros convites virão.

– Quer dizer que você vai para a tevê? Vai conhecer toda aquela gente famosa? Os cantores? E os artistas de novela?

– Bom, por enquanto acho que não...

Ouvindo tudo, Fernanda ficava atrás do grupo que cercava Graziela de perguntas, admiração e inveja. Afinal, eles iam ter uma colega na televisão! Talvez até trabalhando com o Sílvio Marcos, o morenão carioca por quem metade das alunas do colégio estava apaixonada. Isso porque a outra metade era composta de meninos, que se roíam de inveja do sucesso do Sílvio Marcos com as colegas. Por isso, pelo menos metade dessa metade de meninos vestia-se como o morenão e procurava usar o cabelo do mesmo jeito que o famoso ator.

– E quando vai ser o teste?

– Hoje, gente. Logo depois da aula!

Bateu o sinal e Fernanda voltou para a sala de aula imaginando a cena da novela daquela noite: Graziela e Sílvio Marcos beijando-se na tela para o país inteiro assistir. Durante a aula, na cabeça de Fernanda, Sílvio Marcos tinha a cara de Daniel.

"Hum, não sou muito chegada nesses tipos atléticos..."

Aos poucos, Sílvio Marcos ia ficando com a cara de Bruno...

* * *

– Bruno, como era a cara do Fernando Pessoa? E do Carlos? Eles tinham barba branca?

– Quer saber como eles eram? A foto do Fernando Pessoa eu tenho em uma enciclopédia. A do Carlos... hum... acho que está em um dos livros dele. Espere um pouco. Volto já.

Bruno levantou-se e subiu para o quarto, onde estavam os seus livros. Fernanda esperou, olhando a sala em volta. Ali ainda não havia muitos traços pessoais de Bruno. Quase tudo tinha a cara de dona Teresinha, com o capricho e o carinho que aquela senhora transmitia. Era tímida, como Fernanda.

"Será que eu vou ser como dona Teresinha quando ficar velha?"

Os traços da presença de Bruno na casa 6 só deveriam estar no quarto. No quarto de Clarissa e de Daniel. O que restava de Daniel a menina guardava na caixa de papelão debaixo da cama. Naquele quarto da casa 6 não havia mais Daniel. Só havia Bruno.

"Vai ver, ele também pendurou cartazes na parede. Será que tem um daquela atriz com os peitões de fora?"

Pensou que gostaria de ter uma caixa com Bruno dentro. Com aparas de lápis, música predileta, fotografia, guardanapo de papel e... e canudinho de refresco!

– Aqui estão, Fernanda. Conheça os seus poetas!

Bruno descia a escada falando e trazia os livros que tinha ido buscar. Abriu a enciclopédia na letra P e lá estava um homenzinho miúdo, de terno e colete, chapéu e um bigodinho minúsculo.

– Esse é Fernando Pessoa? Parece o Santos Dumont!

– Ha, ha! Parece mesmo. Só que eu acho que ele voava mais alto, bem mais alto... e sem precisar de avião! Veja, aqui está o Carlos Queiroz Telles...

Na última página do outro livro, lá estava um rosto aberto num sorriso maroto, bonito, gozador. Como um anjo peralta, sobrancelhas arqueadas, os olhos escuros fixavam-se em Fernanda. Parecia rir da menina, como se a conhecesse por dentro, completamente, como se fosse seu pai e sua mãe, seu criador, como se tudo o que ela pensasse e fizesse tivesse sido obra dele. Era... era um pouco parecido com Bruno, principalmente nas horas em que o charmoso professor sorria meio gozador para a menina.

– Bruno, você me empresta este livro?

* * *

O intervalo da escola fervilhava em volta de Graziela, que já havia repetido nem se sabe quantas vezes os lances do fantástico teste de câmera da tarde anterior. E, a cada repetição, a história se enriquecia com as respostas que a nova estrelinha tinha de dar para satisfazer a curiosidade dos colegas. Na última fileira do grupo, Fernanda ouvia os lances da aventura de Graziela. Olhava para as várias camadas de curiosos, demorando-se um pouco mais em cada garoto que já tinha ficado com a colega. O Tonhão, o Pablo, o Roberto...

"E o Marcelo? Será que também já ficou com ela? E o Douglas? E o Hugo?"

Sorria por dentro, imaginando o quanto subiria a fama de paquerador de cada um deles depois que espalhassem, para quem quisesse ouvir, tudo o que já tinham feito com a famosa nova estrela da televisão: Graziela Viveiros! Na certa falariam do que fizeram e acrescentariam até um pouco do que não tinham feito, só para apimentar o relato. Daí, Graziela ficaria ainda mais falada... Mas não é disso que vivem as estrelas?

– Como é um teste de televisão, hein? – perguntava a Martinha. – É difícil?

– Difícil nada, gente! Foi incrível. Éramos umas vinte meninas. Tinha dois maquiadores e penteadores e levou um tempão até eles embonecarem todas nós. Fizeram o teste em ordem alfabética de sobrenomes. Como meu sobrenome começa com V, fui a última e...

– Ai, que chato esperar esse tempo todo!

– Não. Foi até melhor. Assim eu pude assistir ao teste das outras e fiquei de olho no diretor. Um garoto bonito, o Émerson, aí uns trinta anos...

– Trinta anos?! E você chama isso de garoto? Que velho!

– Um gato, menina. Pois é, eu fiquei de olho nele e consegui perceber quando uma das outras fazia alguma coisa que ele não gostava. Pela expressão, sabe? Na minha cabeça, fui ensaiando o que tinha de fazer na hora e...

– E o que você tinha de fazer?

– Tinha de desfilar, sorrir para a câmera e dizer: "Gostosa, eu? Gostosa é a Marmelada Tentação! Ai! Eu me lambuzo toda com a Tentação!".

– Que coisa mais idiota!

– Cala a boca, Tonhão! Deixa a Graziela falar!

– E você foi escolhida?

– Bom, eles vão ter de mostrar as gravações dos testes para os donos da Marmelada Tentação. A resposta só vem daqui uns quinze dias.

– Puxa, você vai ter de esperar até lá?

– Nada! Agora é que vem a parte melhor. No final, o Émerson chegou para mim e disse que o meu teste estava ótimo. Que, por ele, já seria eu a escolhida!

– Não diga!

– Digo, sim. E digo mais: daí ele me perguntou se eu tinha um *book*...

– Um *book*? Isso é *livro* em inglês.

– Ih, você não entende nada da linguagem das modelos, Hugo. *Book* é um livro cheio de fotografias, em todas as poses, de uma modelo. O Émerson disse que eu posso fazer uma carreira maravilhosa, como a da Gisele Crawford até!

– Nossa!

– Mas para isso preciso ter um *book* muito bem feito, para mostrar nas agências de modelos.

– E por que você não faz logo as fotos para esse tal *book*?

– Essas fotos são caríssimas. Têm de ser feitas por bons fotógrafos, que cobram uma fortuna. Imagina se eu pedisse isso pro meu pai! Ele não tem dinheiro nem pra trocar a televisão!

– Que pena! Quer dizer que pra ficar rica como modelo a pessoa já tem de ser rica antes?

– Espera aí, espera aí, espera aí! Agora é que vem o melhor, o mais importante da história toda. O Émerson é um fotógrafo famoso! Disse que gostou tanto do meu talento que queria me oferecer essas fotos... de graça!

– O quê?

– Isso! Me deu o cartão do estúdio dele e falou pra eu ir lá na terça-feira próxima, depois das seis. Vai me fotografar de graça! No fim da semana que vem, eu já vou ter o *meu book*! O *meu book*! Gisele Crawford, você que se cuide! Aí vai a Graziela Stuart!

– Mas o teu sobrenome não é Viveiros?

– Vou mudar. Viveiro é gaiola de passarinho. Vou ser uma *top model* e meu nome artístico vai ser Graziela Stuart. O mesmo do Émerson. Émerson Stuart!

– Émerson Stuart? Ele é estrangeiro?

– Nome artístico, menina, nome artístico. Você não entende mesmo do mundo das passarelas...

– Pra ter esse nome você vai ter de casar com o Émerson?

– Hum... até que não seria mal, Martinha. Você não imagina como ele é gato...

Graziela estava impossível mesmo, como sempre. Mas Fernanda voltou para a sala de aula feliz com a felicidade da amiga.

"Amiga? Não tenho amigas depois que a Clarissa foi embora para Águas Belas... Puxa, e a Clarissa? Preciso escrever pra ela. Devo falar do teste da Graziela? E será que devo contar do Bruno? Ora, contar o quê? Que eu sou burra e tenho de ser salva por um professor particular de quase tudo?"

12. Perdidas ilusões

Seu Joaquim não parecia melhorar nem um pouco. Andava cada vez mais cansado, sem coragem nem forças para nada. Quase nunca saía e passava o dia no sofá, lendo o jornal ou dormitando na frente da televisão, sempre ligada naqueles programas infantis que passam de tarde. De vez em quando, porém, tinha de sair de casa para ir ao médico.

E, naquela sexta-feira, quando Fernanda chegou da escola, a "operação ir ao médico" estava em pleno andamento. O pai já tinha almoçado e estava pronto para sair. A filha deu-lhe um beijo de chegada e despedida. O pai fitou-a nos olhos e repentinamente perguntou:

– O que você vai estudar, Fernanda?

– Como *o que eu vou estudar*? Com as aulas do Bruno, já estou melhorando bastante, sabe? Vou terminar o nono ano e...

– E depois do ensino médio? Que profissão vai escolher? Que faculdade vai cursar?

– Mas ainda falta tanto tempo, pai. Por que isso agora?

Para seu Joaquim, a história de "filha minha não precisa trabalhar" era só da boca pra fora. Na verdade, para ele era muito importante que Fernanda se diplomasse, isso a menina sabia.

"Coitado do papai! Passou a vida inteira sonhando em ter um filho doutor. De preferência, um filho homem. Já que eu não consegui nascer menino, pelo menos um diploma eu queria dar pra ele."

Quando o assunto "futuro" aparecia em alguma conversa, a maioria de suas colegas falava mais em casamentos fantásticos do que em profissões independentes.

"Profissão... formada! Em quê? Fora essa história de medicina e engenharia, nem sei muito bem pra que é que as outras servem. Medicina? Humpf! Nunca! Não sirvo para mexer em cadáver, como dizem que os alunos têm de fazer na faculdade. Medicina está fora! Engenharia? Não, tem muita matemática! Ah, e modelo? Já pensou, ser uma modelo como a Graziela? Nada, não sou gostosa como a Marmelada Tentação. Nem como a Graziela... Acho que vou acabar escolhendo alguma coisa que tenha a ver com comunicação, escrita, línguas... Como o Bruno. Ele quer ser diplomata. O que é que faz um diplomata?"

Já na porta, pegando o guarda-chuva, seu Joaquim voltou-se novamente para a filha:

– Já sei: Direito! Por que você não pensa em ser advogada?

Recostada no batente da porta, olhando o pai distanciar-se lentamente ao longo da vila em direção ao ponto do ônibus, a menina procurava imaginar por que a história do diploma universitário tinha voltado à baila:

"O que está havendo? Será que ele está pensando em... em morrer?! E quer me deixar formada? Ai, deve ser isso! Mas ele vai ficar bom, vai ficar bom... Advogada! Eu nem sei bem o que faz uma advogada. Será que é como nos filmes de julgamento? Ficar interrogando testemunhas depois que elas juraram dizer a verdade, somente a verdade, nada além da verdade? Hum... imagina se eu tenho a coragem de ficar discursando em público! Mas, se não for só isso, o que faz uma advogada? Preciso perguntar ao Bruno."

O pai sumiu ao virar a esquina. Por trás da menina, chegava da cozinha a voz da mãe, cantando a tal música antiga que dera novo nome à vila:

– Minha viiida era um paaaalco iluminado, eu vivia vestido de douraaado, palhaço das perdiiiiidas ilusõõõõees...

"Perdidas ilusões! Sou também uma palhaça das perdidas ilusões? Daniel! Sempre fui uma boba, uma palhaça, perdida nas ilusões de que um dia você seria meu. Daniel! Passou tão pouco tempo que você se foi, Daniel, e é como se tudo tivesse se passado numa vida anterior... É como se tudo isso tivesse acontecido com outra pessoa. Tudo tão longe..."

Na sua cabeça, o nome "Bruno" aparecia em clarões. Fernanda sacudiu-se, afastando a imagem. Fechou a porta e foi procurar dona Luísa na cozinha, preparando o almoço para as duas.

– Mãe, você devia cantar "vestida" de dourado, e não "vestido", e "palhaça" em vez de "palhaço", como se fosse um homem.

– Ha, ha, filha! A música é assim mesmo. Deve ter sido composta por um homem. É a história de um sujeito que mora num barraco e foi abandonado pela mulher. Se eu cantar "vestida de dourado" vai ficar estranho depois, né? Já pensou? Na hora em que tiver de cantar que "sinto saudade da mulher, pomba-rola que voou", como é que fica?

Fernanda começou a pôr a mesa e sorriu da brincadeira da mãe.

– Foi um homem que escreveu essa letra? Quem?

– Sei lá...

– Por que o pai fica nervoso sempre que você começa a cantar essa música?

– Ah, minha filha, isso é bobagem dele.

– Fala, mãe. Você está escondendo alguma coisa...

Dona Luísa estava com uma expressão gostosa, como se fosse uma das colegas de escola da filha. E foi como se estivesse fazendo uma fofoca adolescente que falou para a filha:

– Lembra do dia que você ficou triste quando o Daniel foi embora?

– Ah, mãe! Isso foi há um século!

– A história dessa música também. Se eu contar, você jura que não fala disso para o Joaquim?

– Juro.

Dona Luísa suspirou e seus olhos levantaram-se para um ponto distante, em busca de uma doce recordação:

– Ah, minha filha, eu já fui moça um dia. E o Joaquim... Ah, como ele gostava de mim! Na época, no bairro onde a gente morava tinha um rapaz que também arrastava a asa para o meu lado.

– Que legal, mãe! – exclamou a menina, excitada pela confidência. – E quem era esse?

– Um rapaz bonito que tocava violão em todas as festas. Só músicas românticas. E *Chão de estrelas* era o maior sucesso dele. As meninas chegavam até a chorar quando ele começava: "Minha viiiida era um paaalco iluminaaaado...". E eu, é claro, me derretia toda também. Mas tudo sem maldade, veja bem!

"Ciúme! Meu pai ainda tem ciúme da minha mãe! Que joia!"

– E você ficou com esse cantorzinho?

– Que é isso, Fernanda? Naquele tempo, ninguém ficava como hoje em dia. A educação era um sufoco! Seu pai foi o meu primeiro e único namorado!

– E vocês se beijavam bastante?

Com as mãos na cintura, dona Luísa encarou a filha:

– Você está muito perguntadeira, não está, Fernanda?

– O que é que tem, mãe?

– Namoro naquele tempo não era essa pouca vergonha de hoje em dia. Era tudo no maior controle! Seu avô, o meu falecido pai, era filho de italianos. Da Calábria! Gente brava, capaz de cortar a garganta de um namorado de alguma irmã se ele se metesse a engraçadinho!

– Que horror, mãe!

– Beijos, Fernanda, só roubados!

– E quantos beijos você deixou o pai roubar de você?

– Isso é coisa que se pergunte à própria mãe, menina?

– Ah, fala mãe! Quantos?

Dona Luísa baixou a cabeça como uma menininha tímida. E foi num suspiro que revelou:

– Todos que ele quis...

* * *

Depois da louça lavada, dona Luísa foi passar roupa e Fernanda trancou-se no quarto. Trabalhou preguiçosamente com um ponto de História do Brasil. Logo estava tentando resolver uma série de dez exercícios de matemática passados a ela por Bruno. Copiou o enunciado de cada um e separou a folha escrita pelo jovem professor. O primeiro exercício era fácil, mas, a partir do segundo, o pensamento de Fernanda já estava longe da matemática. A lembrança de Daniel distanciava-se, escondendo-se em alguma toca do espírito da menina. Um canto como aqueles despejos que a mãe guardava em caixotes no forro da casa e de cuja existência acabava esquecendo para sempre.

Lá de baixo, bem fraquinha, vinha a voz de dona Luísa, cantarolando aqueles versos mais distantes ainda, lembranças de um jovem bonito, tocador de violão e das emoções das adolescentes daquele tempo.

– ... palhaço das perdiiiidas ilusõõõões...

"Perdidas ilusões! Pois que se percam!"

Ajoelhou-se no chão, estendeu o braço por baixo da cama e tirou de lá a caixa de papelão. A Arca dos Tesouros de Daniel.

Abriu-a e, sem se deter em nenhum daqueles objetos tantas vezes manuseados, despejou o conteúdo da caixa dentro de um envelope grande. Com letras de fôrma, bem disfarçadas, escreveu o nome de Daniel e seu novo endereço em Águas Belas. Não escreveu nada no remetente.

Dentro da caixa de sapatos colocou a folha de exercícios escrita por Bruno. Era um recomeço.

Meio longe, ouviu um latido alegre de Cotó. O cachorrinho de vez em quando ainda uivava um pouco à noite. Mas parava logo.

Fernanda pegou o envelope, os cadernos para as aulas do fim da tarde e desceu as escadas.

– Mãe, vou dar uma passadinha pelo correio antes da aula com o Bruno, tá?

– Correio? Carta para a Clarissa, não é? Você mandou lembranças minhas à dona Sílvia?

– Claro, mãe. Tchau.

"O Daniel nem vai entender por que alguém lhe mandou essas coisas. Bom, mas jogar fora eu não podia..."

Mesmo quando terminam, Fernanda achava que sonhos não se jogam no lixo. Saiu para o correio imaginando que seus pais eram seres humanos iguais a todo mundo. Até mesmo iguais à própria filha...

13. Renovadas ilusões

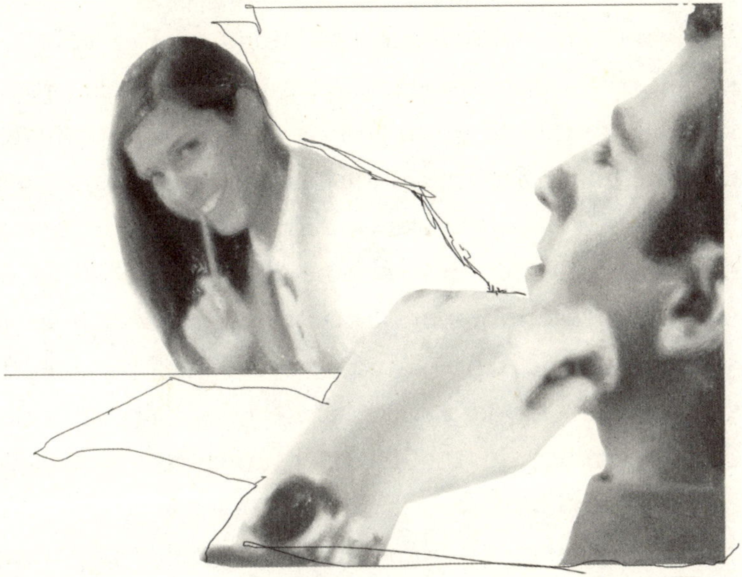

– Advogada? Se você tem jeito para advocacia? Não sei, Fernanda. Profissão é uma escolha muito pessoal. De qualquer jeito, um julgamento no Brasil é muito diferente do que você vê na televisão. Aqueles são julgamentos americanos. Aqui não tem esse negócio de fazer as testemunhas jurarem dizer a verdade, somente a verdade. E os jurados não são doze, como nesses filmes. Aqui são somente sete.

Bruno levou a sério a consulta da menina e a aula daquela sexta-feira começou sem gramáticas nem matemáticas.

– Direito é uma ciência fantástica, querida. Olhe, eu acho que é a ciência da civilização. A civilização só pode manter-se se as pessoas aceitarem leis e regras que garantam a convivência harmoniosa entre elas. Assim, quando um advogado examina essas leis procurando ver onde se encaixam os interesses particulares de um cliente, até que ponto as leis prejudicam esses interesses e debate essas opiniões com um advogado da parte contrária, tudo submetido à decisão final de um juiz, nesse momento todas as regras sociais estão sendo reavaliadas por causa de uma única pessoa. Assim, enquanto toda a sociedade estiver disposta a discutir os direitos de um único ser humano, a civilização estará garantida.

– Nossa, Bruno! Como você fala bonito! Já pensou em ser político?

– Político? Ha, ha! Talvez... Mas o que eu penso mesmo é em ser diplomata. Coisa difícil! O exame de admissão à carreira diplomática é uma loucura. No início do ano que vem vou defender a minha dissertação de mestrado. Depois...

– Defender a sua dissertação? Alguém está atacando?

– Você está gozadora hoje, não? Minha dissertação é sobre o romantismo tardio na literatura francesa do século XIX. Estou tendo de ler e reler tantos romances que...

"Romantismo tardio!", pensava a menina, bebendo cada palavra de Bruno. "Romantismo é coisa só para jovens? Quem é velho não pode ser romântico? E minha mãe, com suas canções melosas? E meu pai, com seus ciúmes? Acho que quando eu ficar velha vou ser bem ciumenta. Se eu tiver um amor, por exemplo, como o Bruno, eu... Ah, que loucura! Como o Bruno... Ai! Que amor impossível!"

A conversa continuou levinha, sem tocar em estudos, até Fernanda comentar as confidências de sua mãe, que haviam começado com a tal canção.

– *Chão de estrelas*? Esse é um clássico da música popular brasileira. A música é de Sílvio Caldas e a letra é do famoso poeta Orestes Barbosa.

"Famoso? Puxa, nunca ouvi falar..."

Bruno pegou uma folha de papel.

– Hum, deixa ver se eu lembro a letra inteira – começou a escrever e logo *Chão de estrelas* estava no papel. – Aqui está, Fernanda. Leia sem cantar. Leia como se o poema nunca tivesse sido musicado.

A menina pegou a folha. Lá estava a caligrafia bonita de Bruno. A mesma caligrafia com os exercícios de matemática, que agora estavam guardados na caixa de papelão que havia ficado debaixo da cama. Corou ao lembrar-se que não havia ainda nenhum canudinho de refresco do Bruno na caixa. E leu em voz alta:

Minha vida era um palco iluminado.
Eu vivia vestido de dourado

palhaço das perdidas ilusões.
Cheio dos guizos falsos da alegria,
andei cantando a minha fantasia
entre as palmas febris dos corações...
Meu barracão no morro do Salgueiro
tinha o cantar alegre de um viveiro,
foste a sonoridade que acabou...
E, hoje, quando do sol a claridade
forra o meu barracão sinto saudade
da mulher-pomba-rola que voou...
Nossas roupas comuns dependuradas
na corda, qual bandeiras agitadas,
pareciam um estranho festival...
Festa dos nossos trapos coloridos,
sem saber que nos morros malvestidos
é sempre feriado nacional!
A porta do barraco era sem trinco
mas a lua, furando nosso zinco,
salpicava de estrelas nosso chão.
E tu pisavas nos astros distraída,
sem saber que a ventura desta vida
é a cabrocha, o luar e o violão...

Terminou a leitura e olhou para Bruno, emocionada:

– A lua, furando nosso zinco... Que lindo! Isso quer dizer que o telhado de zinco do barraco era velho, não é? Por isso, o luar entrava pelos buraquinhos e "salpicava de estrelas nosso chão"! Pedacinhos de lua! Como confetes de Carnaval... Lindo demais!

– A música brasileira é linda demais, Fernanda. Para falar a verdade, acho que as letras das canções populares são a única forma de o nosso povo tomar contato com a poesia. Poesia nos livros quase ninguém lê.

A aula continuou a partir da letra daquela canção. Bruno ficou comentando-a como se estivesse falando do poema mais clássico de nossa língua.

"Esse é um amor do jeito antigo...", pensava a menina, enquanto ouvia a voz de Bruno. "Mas será que o amor muda com o tempo?"

– É, acho que todo mundo tem uma "mulher-pomba-rola que voou" – comentou Bruno, com uma pontinha de tristeza.

"Outra confidência?! Hoje é o Dia Mundial das Confidências?"

– Você também, Bruno?

O rapaz olhou longamente para a aluna. De um modo novo, de uma maneira que Fernanda jamais havia se sentido olhada.

– Eu também, Fernanda, eu também. Estive noivo, sabe? A gente chegou às vésperas do casamento, mas...

– Mas?

– Ah, a "mulher-pomba-rola" acabou voando para outro ninho!

Houve um longo momento sem palavras, onde cada um parecia querer ler os pensamentos do outro, que preenchiam a pausa quase a ponto de fazê-la transbordar.

"Ele está livre agora!"

– Bruno...

– Hum...

– Que idade tinha a sua noiva?

– Hum? Ora, que pergunta! Por que isso?

– Curiosidade, só...

– Bom, ela não *tinha*. Ainda *tem* uma idade. Está mais viva do que nunca. Uma colega da faculdade de Letras. A mesma idade que eu.

"Que velha!"

– E você a amava?

O rapaz suspirou, olhando para o infinito, do jeito que sua mãe fizera ao recordar-se do cantorzinho de *Chão de estrelas*:

– Se eu a amava? Acho que sim... muito... ou pouco, pois já acabou. Como dizia o grande dramaturgo brasileiro Nelson Rodrigues, "ou o amor é eterno ou não era amor."

* * *

A aula daquela sexta terminou sem que os cadernos tivessem sido abertos. Mas Bruno havia aberto alguma coisa para a aluna. Mais do que um simples caderno. Ele havia feito uma confidência, como sua mãe. Ele havia aberto seus sentimentos para a menina. E tinha se mostrado frágil. Tão frágil como qualquer pessoa. Tão frágil como Fernanda.

"Ele está livre! Sem namorada! Sem noiva nem nada! Será que ela era bonita? E eu? Será que ele vê alguma coisa em mim? Será que *alguém* vê alguma coisa em mim? Será que alguém nota que eu *existo*?"

Num relance, seus carinhos atravessaram-lhe o pensamento.

Lá estavam Clarissa...

"Preciso escrever para ela."

... Daniel...

"O que será que ele vai pensar ao receber aquela porção de coisas num envelope? Até uma folha velha de fichário!"

... o pai...

"Papai voltou do médico. O resultado dos exames só chega na semana que vem... Como será que ele está? Será que ainda sente o mesmo amor pela mamãe?"

... a mãe...

"Ela é como eu? Será que também era tímida? Mas devia ser muito mais bonita que eu. Todos queriam paquerá-la. Enquanto eu, ninguém presta atenção em mim. É como se eu nem existisse..."

... até Graziela...

"Como ela está feliz! Lá no colégio todo mundo vai ficar orgulhoso com o sucesso que ela vai fazer na tevê. Eu também queria poder fazer sucesso na tevê. Mas quem sou eu?"

... e Bruno.

"Ele me olhou hoje de um jeito... O que ele estava pensando? Na certa naquela fedelha que aparece para as aulas quatro dias da semana. Uma fedelha! É isso o que eu sou? Uma fedelha? Ai, catorze anos de diferença! É muito! Sou uma fedelha para ele? Ele é um velho para mim? Tem o dobro da minha idade. Mas eu já vou fazer quinze anos e Bruno não vai ter o dobro da minha idade. Ha, ha! Nunca mais! Ai, Bruno... Sábado, domingo e segunda... Agora só vou ter aula com ele na terça-feira. Ai, quanto tempo..."

E Fernanda embalou-se com a imagem bonita de Bruno projetada na tela colorida do seu adormecer.

14. A matemática das idades

No colégio, nas duas primeiras manhãs da semana, todos os espaços entre as aulas foram preenchidos pela ansiedade de Graziela e a sessão de fotos da noite de terça-feira.

“Graziela sempre foi uma estrela. Agora só faltam as fotos desse tal *book* para os anunciantes ficarem sabendo disso.”

Na terça, o professor de português devolveu as redações feitas pelos alunos na semana anterior.

– Fernanda!

“Eu? Ai, e agora?”

– Aqui está, minha filha. Gostei muito. Um belo texto. Você está melhorando bastante. Pena esses poucos deslizes gramaticais. Estude mais, Fernanda, estude mais!

A terceira nota da classe! Fernanda tinha conseguido a terceira nota da classe!

"O Bruno vai cair duro!"

* * *

Quando Fernanda chegou da escola, naquela terça-feira, o ar que circulava entre o pai e a mãe estava pesado.

– Oi, pai, oi, mãe. O que foi que houve?

– Seu pai, minha filha – explicou dona Luísa, num fio de voz. – O coração não está bom. Os exames...

– O que mostraram os exames?

– Que ele tem uma válvula funcionando mal. E coronárias muito entupidas...

Fernanda estava de pé, imóvel, com os olhos arregalados. Perguntou, como se temesse ouvir a resposta:

– E ele... vai ter de operar?

Seu Joaquim levantou os olhos para a filha como se tivesse sido ofendido:

– Eu estou aqui, Fernanda. Ainda não morri. Por que não faz as perguntas para mim?

– Oh, pai... desculpe...

Com dificuldade, seu Joaquim levantou-se do sofá e começou a subir as escadas.

– Estou sem fome, Luísa. Almocem vocês duas.

Com o olhar, a mãe convidava Fernanda a acompanhá-la à cozinha.

– O que houve, mãe? Conte... – insistiu ela, falando bem baixinho.

Dona Luísa suspirou:

– Seu pai foi aposentado por invalidez, Fernanda...

* * *

"Invalidez!", pensava a menina percorrendo os poucos passos que a separavam da casa 6. "Invalidez é o que não vale mais, não presta mas. Meu pai não presta mais para nada? Coitado do papai..."

Bruno recebeu-a com um sorriso que logo se apagou ao ver sua expressão:

– O que foi, querida?

Logo que a porta da sala fechou-se às costas dos dois, Fernanda jogou-se nos braços de Bruno, enfiou o rosto em seu ombro e chorou seu desespero.

* * *

"Professor e psicanalista!", pensava a menina, depois de quase uma hora de desabafo de sua parte, suportado pelo apoio e pela madura compreensão de Bruno.

Já se sentia melhor e até havia tomado o café que dona Teresinha fizera questão de coar. Olhou para o ombro da camisa do rapaz. Ali estava impressa a mancha redonda de suas lágrimas. Não sabia se seu alívio vinha das palavras de Bruno ou da sensação deliciosa de abraçar-se a ele, enterrar-se em seu peito e respirar aquele homem que...

"Homem! Ele é um *homem* e eu sou... o quê? Uma criança? Eu não sou uma *mulher*?"

O braço do rapaz ainda envolvia seus ombros e Fernanda teve de confessar para si mesma que estava perdidamente apaixonada por Bruno.

"Bruno... meu querido... meu amor impossível! Ai, por que eu não tenho vinte e cinco anos pelo menos?"

Tinha consciência de que estava iniciando mais um período de sofrimento. Havia escolhido mais um amor impossível. Mas, naquele momento delicioso, apagou essa certeza do pensamento e entregou-se por completo à magia do clima de jardim de primavera que a envolvia com orvalho e tudo.

– Que idade tem seu pai, Fernanda?

– Cinquenta...

– É novo ainda. Você vai ver: agora que está aposentado, ele vai acabar descobrindo uma porção de coisas que gostaria de fazer e que todos esses anos de trabalho impediram. Vai descobrir uma forma de realizar-se e aposto que vai tornar-se um novo homem. Tenha confiança, querida!

– ... e mamãe tem quarenta...

– Hum? Por quê?

– Por que o quê?

– Por que falou da idade de sua mãe?

"Ai! Por que fui me lembrar disso?"

– Ehr... não sei... é que, com uma diferença de idade tão grande...

– Diferença? Ora, Fernanda, dez anos de diferença entre marido e mulher não são nada!

– Mamãe tem doze anos mais que você. E você tem *catorze* anos mais que eu.

Bruno sorriu, ainda falando baixinho, com a boca junto aos cabelos da menina, como os dois tinham passado aquela hora inteirinha:

"Como namorados... Será que os psicanalistas ficam assim, abraçados nas maluquinhas?"

– Ora, o que importam as diferenças de idade, querida!

– Não importam?

– Ah, foi bom a gente falar nisso. Descobri um problema de matemática que você vai adorar. É quase mais uma brincadeira do que um problema de verdade.

Para tristeza da menina, tirou o braço de seus ombros, levantou-se do sofá e foi buscar um bloco sobre a mesa de jantar. Tirou a primeira folha e estendeu-a para Fernanda.

– Esse problema é divertidíssimo. Copiei para você. É um exercício de raciocínio genial. Leia!

A menina pegou a folha. Lá estava escrito:

"Eu tenho o dobro da idade que tu tinhas quando eu tinha a idade que tu tens. Quando tu tiveres minha idade, ambos teremos noventa anos. Que idade eu tinha quando tu nasceste?"

– O quê?! Bruno, que loucura é essa? Nem dá pra entender direito o que está escrito!

– Ha, ha! O desafio é esse mesmo, Fernanda. Essa vai ser sua lição de casa. Tente decifrar o problema. Deixe sua imaginação solta. Matemática é isso: imaginação a mil! Como a poesia!

Na hora de sair, Fernanda voltou-se para Bruno:

– Ah, querido, ia esquecendo, veja!

Tirou da mochila a redação que havia recebido de manhã.

– Aqui está: a terceira nota da classe!

* * *

Voltou para casa estufada pelos cumprimentos do rapaz, que a abraçara de novo e até a beijara no rosto.

"Um beijo de irmão, né?"

Tocou o rosto, acariciando o toque dos lábios do seu querido, querido, querido....

"E eu também o chamei de querido... Ai, Bruno, como eu *quero* você!"

15. Um amor impossível

A Vila das Perdidas Ilusões estava de novo com a cara de sua infância. Ainda era a Vila dos Lilases e a casa 6 tinha o jeitinho meio estragado que sempre tivera. Lá, ainda moravam dona Sílvia, Clarissa e... Daniel.

Os três ainda eram aquelas remotas criancinhas de quatro ou cinco anos e estavam nus, examinando-se e descobrindo suas diferenças.

Lá estava o menino com quem ela sonhara a vida inteira, mas, por trás dele, aparecia um velho de barbas brancas. Era Nelson Rodrigues, que gritava:

– Fernanda! Ou o amor é eterno ou não era amor! Você nunca amou Daniel! Nunca amou de verdade! Você não sabe amar, Fernanda!

Desesperada, procurou Daniel, seu amor de toda a vida.

– Ele sabe! Daniel sabe que eu sempre o amei!

Ali deveria estar Daniel, seu sonho secreto de tantas noites, mas quem surgia à sua frente para receber seu olhar de paixão e súplica era... era Bruno!

E os dois sentavam-se no sofá, abraçados. A casa agora já estava reformada e Clarissa gritava com ela, ralhava com ela, dizia que Bruno não podia invadir a sua sala... que Fernanda não tinha o direito de devolver as lembranças de seu irmão...

O garoto no sofá já estava grande, como um homem. Um homem de vinte e oito anos! Um homem impossível!

Saiu do sonho tremendo, encharcada de desejo e desespero.

"Ai, loucura! Você nunca será meu! Nunca! Burra! Impossível! O amor mais impossível deste mundo! Ai, Bruno!"

* * *

Na manhã seguinte, quarta-feira, todo mundo ficou frustrado: Graziela faltou às aulas, adiando a curiosidade de todas as colegas. Como teria sido a sessão de fotos com o tal Émerson?

"Ah, vai ver terminou muito tarde e a Graziela perdeu a aula. Ainda deve estar dormindo, a folgada."

* * *

Sobre a mesinha onde fazia as lições estava um trabalho de ciências como o primeiro dos deveres daquela tarde. Mas o problema que Bruno dera para ela acabou furando a fila. Fernanda rabiscou três folhas do caderno inteirinhas. Puro desperdício! Não conseguia nem organizar as frases.

"Droga! Diferenças de idade! Bom, no *nosso* caso, o Bruno tem vinte e oito anos e eu tenho catorze. Se o problema fosse com a gente já estaria resolvido, porque é claro que ele tinha esses mesmos catorze anos quando eu nasci. Estaria resolvido?! Ai! Daí é que nada estaria resolvido. Catorze anos de diferença é demais! A idade dele está mais perto da idade da mamãe do que da minha! Vou fazer de conta que o problema é com Bruno e Fernanda. Hum, quando eu tiver a idade que o Bruno tem hoje, ele já estará com... hum... vinte e oito mais catorze dá... quarenta e dois! Puxa! Quando eu tiver esses mesmos quarenta e dois anos, ele vai estar com... cinquenta e seis! Puxa e puxa! E, quando eu tiver esses cinquenta e seis, ele estará com... setenta anos! Nossa, que velho! Isso é idade de bisavô! Hum, meu pai tem cinquenta e mamãe tem quarenta. Dez de diferença. É, não é assim tãããão menos do que catorze. Vamos continuar. Se o problema fosse com o Bruno e comigo, a soma de cinquenta e seis com setenta dá... cento e vinte e seis anos! Que horror! Bom, mas quando o Bruno tiver setenta, eu também estarei velhíssima, com cinquenta e seis. E aí, acho que ninguém vai ligar para essa diferencinha de catorze anos, não é?"

* * *

Graziela faltou também à aula daquela quinta-feira.

"O que será que aconteceu? Será que eu devo dar uma passada na casa dela? Mas eu nunca pisei na casa 12..."

* * *

À tarde, continuavam as dúvidas:

"Ai, se eu for lá, a Graziela vai me gozar, como faz todas as vezes. Como daquela vez, com a foto dela rasgada pelo Daniel. Malcriada! Mas e se ela estiver doente? Bom, eu não sou médica e nem vou ser."

Voltou ao problema das idades como se estivesse fazendo um quebra-cabeça e não um exercício de matemática.

"A diferença! Acho que a chave não está nas idades, mas na diferença das idades! Vamos ver. Hum..."

No meio das contas, a imagem do belo professor estava sempre presente, orientando-a, aquecendo-a...

"Bruno... Pra falar esse nome, é preciso fazer biquinho, como aquela aluna rica e velha. Como se falasse francês. Bruuu-no... Bruuu-nooo... É um nome que beija melhor do que a própria palavra beijo. Beeei-jo... beeeei-joooo... Bruuu-noooo..."

Sem som, ficou repetindo o nome de Bruno e beijando o ar, beijando o ar, beijando...

* * *

Ainda faltava quase uma hora para a aula com Bruno quando a menina deu um pulo na cadeira:

"Achei! É dez! A diferença das idades é dez! Igualzinha à diferença entre o pai e a mãe! O Bruno nem vai acreditar. Achei!"

* * *

Fernanda abriu a porta da casa 6 sem qualquer cerimônia. Dona Teresinha veio da cozinha, surpresa:

– Oi, Fernanda! Chegou cedo hoje. O Bruno está lá em cima, trabalhando na dissertação. Pediu para não ser interrompido.

– Oi, dona Teresinha. É só um minuto. O Bruno não vai ficar chateado.

Fernanda beijou-lhe o rosto e correu escada acima, abrindo a porta do quarto do rapaz sem nem bater.

– Bruno, descobri! A resposta do problema é dez!

Com um sorriso de aplauso, Bruno afastou a cadeira de rodinhas da frente do computador em que digitava seu trabalho e sorriu para a aluna:

– Boa! Isso mesmo, Fernanda! Mas como você chegou a essa conclusão?

A menina, com o rosto afogueado de triunfo, abriu o caderno sobre o teclado do computador. Bruno viu uma tabela:

	TINHA	TEM	TERÁ
EU			
TU			

Na coluna TINHA, Fernanda escreveu um X na linha TU e explicou:

– Chamei a idade que o TU TINHA de X. Como o EU TEM o dobro da idade que o TU TINHA, vamos anotar 2X na coluna TEM do EU, e os mesmos 2X na coluna TERÁ do TU, porque, de acordo com o enunciado, o TU TERÁ a mesma idade que o EU TEM agora. Certo?

	TINHA	TEM	TERÁ
EU		2x	
TU	x		2x

– Certo, Fernanda.

– Vemos que o TU TINHA uma idade X e TERÁ o dobro, isto é, 2X. Então, como X mais X dá 2X, vemos que, do passado ao futuro, passou-se um período igual ao mesmo X, não é?

– X mais X é igual a 2X, assim como uma garota bonitinha e esperta mais uma garota bonitinha e esperta dá duas garotas bonitinhas e espertas...

Fernanda corou e voltou às explicações:

– De acordo com o problema, um dia o TU TERÁ os mesmos 2X levando o mesmo tempo que o EU levou para chegar à idade que o EU TEM hoje, não é? Também de acordo com o enunciado, para ter 2X, o EU levou o mesmo tempo que o TU para chegar a esses 2X, concorda?

– É claro. O tempo passa igual pra todo mundo.

– Então! Isso quer dizer que o tempo que se passou entre o passado e o presente, e entre esse presente e o futuro, é igual! Se for igual, basta somar X mais 2X, ou seja, a idade do TU no passado mais a idade do TU no futuro, e dividir por dois. Estou indo bem?

– Continue...

– X mais 2X dá 3X. Dividindo-se por 2, descobre-se que a idade que o TU TEM é igual a 1,5X, a mesma idade que o EU TINHA!

E anotou o que dizia:

	TINHA	TEM	TERÁ
EU	1,5x	2x	
TU	x	1,5x	2x

– Veja, Bruno: o tempo que se passou entre o passado e o presente, e entre o presente e o futuro, é de 0,5X. A diferença de idade entre eles é de 0,5X! Donde, quando o TU tiver 2X de idade, o EU TERÁ 2,5 X. Se eu somar essas idades... 2X mais 2,5X dá 4,5X. Esses 4,5X, a soma da idade dos dois no futuro, é igual a 90. E 90 dividido por 4,5 dá 20! Se X, a idade que o TU TINHA, é 20, o resultado é este: o EU TINHA 30 anos quando o TU TINHA 20!

– Boa!

– No presente, o TU TEM 30 e o EU TEM 40. Quando o TU tiver 40, o EU estará com 50. 40 mais 50 dá 90. Logo, o EU TINHA 10 anos quando o TU nasceu e fim do problema!

– Certíssimo, Fernanda!

– E você nem imagina que gozado: o problema dá certinho com o meu pai e a minha mãe. O EU chama-se Joaquim e o TU chama-se Luísa. Ela tem quarenta e ele tem cinquenta, a soma de noventa anos do problema! Viu? Só que eu já sabia disso antes de quebrar a cabeça tanto tempo...

– Bravo! E você foi ainda mais longe, transformando os pronomes EU e TU em nomes, em substantivos próprios. Achei ótimo você ficar dizendo "o EU" e "o TU", como se fosse "o Antonio" e "o João"!

– É... nem sei se o problema que você me deu é de matemática ou de português...

– Os dois, Fernanda, os dois!

A garota e o rapaz abraçaram-se, felizes, comemorando o sucesso de Fernanda.

16. Ilusões desfeitas à força

Os pais estavam entretidos na novela, depois do jantar, sem nem pensar em discutir a aposentaria de seu Joaquim.

Fernanda abriu silenciosamente a porta e foi para a rua. Em meio minuto, estava à porta da casa 12. Havia luz na janela da frente do sobrado. Deveria ser o quarto dos pais de Graziela, pois, como em todas as casinhas daquela vila, o quarto "das crianças" era o dos fundos. Tocou a campainha, um breve toque apenas, tímido como sua decisão de meter-se na vida da vizinha e colega de escola.

A luz da sala acendeu-se e a porta foi aberta pela mãe de Graziela.

– Oh, boa noite... eu...

– Oi, Fernanda, que bom que você veio. Minha filha está mesmo precisando de uma amiga.

– É que eu...

– Entre, Fernanda, por favor. E suba. Graziela vai gostar de vê-la.

– Aconteceu alguma coisa?

– Suba, minha filha. Graziela precisa de você.

Os sobrados da Vila das Perdidas Ilusões eram tão gêmeos que, se não fosse pelos móveis, Fernanda poderia visitar todos sem notar que tinha saído da própria casa. Subiu as escadas e abriu timidamente a porta do quarto dos fundos.

– Oi, Graziela, vim te ver.

Jogada de bruços em cima da cama, que ficava no mesmo canto que a de Fernanda, Graziela levantou o rosto. Um rosto vermelho de tanto chorar e com uma marca roxa, grande, em uma das faces.

– Ai, Fernanda...

* * *

O ombro consolador dessa vez foi o de Fernanda. Graziela abraçou-se a ela e chorou como gente, como amiga, sem qualquer amostra da estrelinha arrogante e conquistadora das atenções dos garotos da escola.

Émerson... A sessão de fotos havia começado cheia de charme, de elogios, de envolvimento. Em cima de um divã, coberto por lençóis de cetim vermelho, Graziela tinha feito todas as poses que o diretor pediu, com o dedinho na boca, com os lábios entreabertos e os olhos semicerrados, abraçando as pernas. Émerson a tocava, ajeitava-a para as poses necessárias às fotos, sempre elogiando sua beleza e falando do futuro maravilhoso que a aguardava.

– Tudo parecia tão perfeito, Fernanda. Tinha até uma música no aparelho de som, uma música suave... Ele dizia que era para ajudar o clima. Que fotografar é o mesmo que representar, que uma modelo é uma atriz, o primeiro passo para ser uma atriz, para trabalhar em novelas. Na hora de me ajeitar na pose, me abraçava, roçava sempre no meu corpo... Elogiava meu perfume, dizia que minha pele cheirava bem, acariciava meus cabelos... Eu não desconfiei de nada, estava completamente envolvida. Fascinada... Até que ele disse que, para o *book* ficar completo, precisaria fazer algumas fotos para anúncios de *lingerie*.

Enterrou o rosto no colo de Fernanda, falando com a voz abafada pelo corpinho da amiga. Precisava falar, mas tinha vergonha do que tinha a dizer.

– Pediu para eu tirar a roupa. Queria me fotografar só de calcinha e sutiã. Eu tentei dizer que não, que meu pai nunca iria me deixar fazer anúncios assim. Ele insistiu, com uma voz calma, dizia que não tinha nada demais, que era como estar na praia, de maiô, de biquíni... E eu... e eu acabei concordando, Fernanda!

Voltou a chorar, soluçando, abraçada a Fernanda, que lhe alisava os ombros sem nada dizer, do mesmo jeito que Bruno fizera.

– Aí... aí... ele se transformou. Começou a elogiar meu corpo, me agarrou. Eu tentei escapar, ele me agarrou mais forte, começou a me beijar à força... Eu gritei, ele rasgou meu sutiã... tentei correr... ele me alcançou, me bateu, me chamou de vagabunda, gritou que não era palhaço de moleca nenhuma, que eu tinha de pagar pelas fotos. Que se eu queria o sucesso eu tinha de aprender a comprar os outros com o meu corpo...

Dessa vez, o acesso de choro foi longo, como se a menina tivesse perdido seu ente mais querido. Fernanda deixou-a chorar, apenas apertando-a forte, para mostrar que estava ali, ao seu lado, e que não a deixaria.

– Consegui fugir, corri para a rua tentando me vestir... Chorando, o sangue escorrendo do nariz, o rosto latejando com a bofetada, o orgulho doendo com a palavra "vagabunda". Vagabunda, Fernanda! Vagabunda!

O batismo de fogo de Graziela como uma famosa modelo tinha acontecido. Agora, a menina já conhecia um pedaço do inferno. Tinha estado com o próprio demônio.

* * *

O pai de Graziela tinha querido ir à polícia, levar a filha para fazer exame de corpo de delito no Instituto Médico Legal. Dizia que ia botar "esse tarado na cadeia", mas os dias se passaram sem que aquele humilde funcionário encontrasse coragem para enfrentar alguém que ele julgava poderoso. Aliás, como todos os pais daquela vila pensavam, qualquer pessoa fora dali era poderosa.

– Quem sou eu? – Fernanda tinha ouvido o pobre do seu Viveiros choramingar. – Onde vou arranjar dinheiro para os advogados? Ah, nesta cidade devia era ter uma boa Máfia! Aí esse canalha ia ver uma coisa! Meu avô era da Sicília! Da Sicília! Lá, não tem nenhum tarado vivo! Nenhum!

Assim, como sempre acontecia na vida dos moradores da Vila das Perdidas Ilusões, os sapos foram devidamente engolidos.

E a semana seguinte se passou sem Graziela voltar à escola. Enquanto a mancha roxa não desaparecesse de seu rosto, ela não conseguiria encarar os colegas. Fernanda trazia as matérias de cada dia para Graziela e as duas passavam as tardes juntas, conversando, estudando, trocando confidências, consolando-se.

Fernanda encontrara uma nova Clarissa. E Graziela encontrara uma amiga que nunca tivera.

* * *

Seu Joaquim tinha ido ao médico novamente e dona Luísa o acompanhara. Os exames seriam demorados dessa vez.

Fernanda convidou e Graziela aceitou. Iam almoçar juntas na casa de Fernanda. Resolveram caprichar e experimentar receitas novas.

– Vou te ensinar um molho de macarronada que vai deixar você maluca, menina!

– Ué... – estranhou Fernanda, com a cara mais malandra desse mundo. – E os regimes? E a forma, que sempre foi sua maior preocupação?

– Esquece, Fernanda! Nunca mais quero ser modelo! Se eu engordar, melhor!

– Que é isso, Graziela!

– Cansei, Fernanda! Cansei de ser a gostosa e burra. Vou mudar, minha amiga. Nenhum homem mais vai ter a coragem de me meter a mão na cara! Nem de me chamar de vagabunda. Vou mostrar a todos eles. Agora você vai conhecer a Nova Graziela! Graziela Viveiros! Este é meu nome!

– E vou gostar dela, querida. Mas não precisa engordar só por causa disso!

– Pode deixar. Só vou abusar hoje. Estou aliviada. Feliz demais!

A violenta bofetada no rosto perfeito de Graziela tinha mudado muita coisa *dentro* da menina.

O molho do macarrão estava gostoso mesmo, depois que as duas conseguiram combinar os palpites.

Era uma mistura da receita siciliana de Graziela com o molho calabrês que Fernanda tinha aprendido com a mãe.

– Vamos abrir um restaurante, menina! – comemorava Graziela depois que as duas terminaram. – Todo mundo vai querer o "Macarrão a la Perdidas Ilusões"! Com o molho especial criado pelas famosas Fernanda e Graziela!

– Boa! Vamos faturar com o Orestes Barbosa!

– E quem é esse?

– O autor da letra de uma música chamada *Chão de estrelas*, onde tem um verso que diz "palhaço das perdidas ilusões". Acho que tem algum vereador que gosta desse Orestes Barbosa e resolveu fazer uma homenagem a ele mudando o nome da nossa vila. Então, nós já sabemos: nosso restaurante vai chamar-se Cantina das Perdidas Ilusões!

Cansaram-se de rir enquanto lavavam a louça e acabaram exaustas no quarto de Fernanda, sentadas no chão.

– Perdi minhas ilusões de ser uma famosa modelo, Fernanda. E você? Também tem suas perdidas ilusões?

– Nunca pensei em ser modelo, Graziela. Metade de mim é vergonha e a outra metade quer esconder-se debaixo do tapete!

Outra série de gargalhadas, até a insistência de Graziela:

– Vamos, menina. "Perdidas ilusões" não tem nada a ver com profissão. Isso é coisa de dor de cotovelo, isso é coisa de paixão...

Fernanda avermelhou.

– Bom, eu tenho, né? É claro que eu tenho.

– É... eu sei bem que você tem.

– Ei! – protestou Fernanda. – Você está pensando no Daniel, não é? Por causa daquela história da foto. Mas fique sabendo que...

Graziela cortou:

– Não preciso ficar sabendo de nada, Fernanda, porque eu já sei de tudo. Pensa que eu sou boba? Que eu nasci ontem? O Daniel já era! A única coisa que continua igual é o endereço. Agora, o seu xodó é um professor charmoso, que usa malhas elegantes, de gola alta... Um gatão de dar inveja!

– Espera aí, Graziela, não pense que eu...

– Quietinha, querida! Eu não sou cega. E você escolheu muito bem, maravilhosamente bem!

– Graziela... Graziela... eu...

Abraçaram-se.

"Esse tempo todo... Graziela olhava para mim... eu *importava* para ela! Alguém me notou nessa vila! Para alguém, eu sou *alguém*!"

17. Os pais não podem morrer!

A serenata de *Chão de estrelas* andava desaparecida da casa de Fernanda. Dona Luísa deslizava pela casa, sempre em silêncio e de cabeça baixa. O coração de seu Joaquim parecia também arrastar-se, batendo só o suficiente para prolongar a agonia.

Naquela sexta-feira, Fernanda voltou da escola e o pai não estava na sala. Trancara-se no quarto. O rosto da mãe afogueava-se, vermelho, por suas tentativas de enxugar as lágrimas antes da chegada da filha.

– É o pai, não é, mãe?

– É, sim, Fernanda. Infelizmente é isso mesmo. Fui falar com o médico do convênio dele hoje de manhã.

E agora o diagnóstico é definitivo. Lembra-se do dia em que você perguntou se seu pai precisava ser operado?

– Lembro. Foi depois do resultado dos exames. Há uns quinze dias.

– Pois você estava certa. O jeito é operação mesmo, minha filha, senão ele não vai durar muito.

Deixou-se agarrar pela filha e as duas choraram juntas, abraçadas, tentando conter quaisquer ruídos que pudessem ser ouvidos lá em cima pelo pai.

– Então, mãe? – Fernanda falava baixinho, mas com insistência. – É claro que ele vai ficar bom com a operação. Já ouvi falar de um monte de pessoas que operaram o coração e estão muito bem. Tenha fé. Para quando foi marcada a operação? Quando o pai vai ser internado?

– Eu tenho fé, minha filha, muita fé, mas...

– Mas o quê?

– O convênio médico não cobre esse tipo de cirurgia.

* * *

"Pai! E agora, pai? Os pais não podem morrer! Pai não pode morrer! Mãe não pode morrer! Os filhos não podem ficar sozinhos, meu papai!"

O almoço não saíra naquele dia. O que houve foram as lamentações sobre o sufoco da fila que seu

Joaquim teria de enfrentar para conseguir ser operado em um hospital público.

– Pra isso, só tendo pistolão, Fernanda. E quem a gente é? Quem a gente conhece?

Depois da revelação, tudo o que Fernanda conseguira fazer naquele momento de crise foi trancar-se no quarto e molhar o travesseiro.

"Ai! E se meu pai não aguentar essa espera de vaga no hospital público? E... e se papai morrer? Ele tem razão! Tem razão quando fala mal do governo! Que governo é esse que deixa gente pobre morrer na fila dos hospitais? Preciso de alguém importante! Mas eu não conheço ninguém..."

De repente, lembrou-se:

"E o Bruno? Ele é tão bem relacionado lá na faculdade! Será que ele não pode fazer alguma coisa?"

Saiu silenciosamente do quarto e passou pela mãe, que soluçava na cozinha, baixinho, sem querer chamar a atenção de ninguém, sozinha com sua dor. Fechou a porta da frente sem um ruído e logo estava na casa 6, tocando a campainha.

– Oh, é você, Fernanda? – cumprimentou dona Teresinha, afastando-se da porta. – Entre, entre, minha filha...

Aquele não era um momento para timidez, nem para vergonha.

– Dona Teresinha, sabe onde está o Bruno agora?

– Deve estar no Departamento de Letras, falando com a orientadora da dissertação dele. Por quê?

– Será que a senhora poderia localizá-lo pelo telefone? É que é meio urgente...

* * *

Em poucas horas, o milagre tinha sido realizado. Fernanda falara com Bruno por telefone e, em seguida, o jovem ligara para um colega seu de colegial, cirurgião cardíaco formado, que deu um jeito de arranjar uma vaga no Instituto do Coração.

Ainda não eram quatro horas da tarde e um táxi já tinha saído da Vila Perdidas Ilusões levando seu Joaquim, dona Luísa e as esperanças de Fernanda. Graças a Bruno, seu Joaquim seria operado no maior hospital da América Latina!

Os preparativos para a cirurgia começariam naquela mesma noite. Seu Joaquim estava internado num quarto com outros três aspirantes a operados, onde, naturalmente, não poderia dormir um acompanhante da família. Mas estava claro que dona Luísa não aceitaria ficar longe do marido, no fim do mundo que era o endereço da Vila das Perdidas Ilusões. Mais uma vez foi Bruno que salvou a situação. Um colega seu de faculdade morava com os pais a duas quadras do Instituto do Coração, e o quarto de empregada de sua casa estava vago. Dona Luísa mudou-se para lá no mesmo dia e a Fernanda... E a Fernanda? Onde ficaria a filha?

* * *

– Ah, Luísa! – tinha decidido dona Teresinha, cujo relacionamento com a vizinha já abolira os "donas" no tratamento entre elas. – Imagine se eu vou deixar a Fernanda dormir sozinha em casa! Ela vai é ficar aqui, conosco, até essa fase passar.

– Mas Teresinha... que incômodo! O seu filho...

– Bruno vai dormir na sala, Luísa. Fernanda vai ficar no quarto dele.

* * *

A internação tinha ocorrido na sexta-feira. No horário de visitas do sábado, Fernanda tinha ido ao Instituto do Coração com dona Teresinha, Bruno e Graziela.

O pai estava otimista, ao contrário dos últimos tempos, porque a simpatia do chefe da equipe cirúrgica o havia conquistado.

– Um professor famoso, Luísa! – informara ele, deitado no leito hospitalar e com o peito cheio de fios que mostravam em monitores de tevê o bater fraquinho de seu coração. – Dá aulas de cirurgia cardíaca até nos Estados Unidos. Nos Estados Unidos!

À noite, de volta à casa 6, depois de um lanche no lugar do jantar, dona Teresinha, Bruno e Fernanda deixaram a noite cair ouvindo música e conversando, entre aliviados e apreensivos com a situação de seu Joaquim. Os olhos da menina não conseguiam desviar-se do rosto de Bruno.

"Nunca vou encontrar alguém como ele. Até da minha família ele está cuidando... até de mim! Oh, papai adoraria ser o sogro dele! Por que eu não nasci antes? Meu impossível Bruno!"

18. O Instituto dos Corações

Já era mais de meia-noite e Fernanda estava no quarto de Bruno, que tinha sido de Clarissa e Daniel. Sentada na cama sobre os calcanhares, pegou um bloco e começou uma carta para Clarissa, tentando comunicar a operação do pai. Falaria de Bruno? Falaria que estava, naquele momento, no mesmo quarto que Clarissa tinha dormido quase a vida inteira? No quarto que agora pertencia a um homem charmoso, delicado, que lhe dava aulas particulares e não lhe saía do pensamento? Um homem *catorze* anos mais velho do que ela? Não conseguiu passar das primeiras linhas.

Sua cabeça não estava conseguindo transportar-se para Águas Belas.

"Papai vai ficar bom depois que for operado lá no Instituto do Coração. O médico é ótimo. Dá aulas até nos Estados Unidos! Vai operar o papai e ele vai ficar como novo, tenho certeza! Ai, mas quem vai operar o *meu* coração? Como tirar de dentro dele essa paixão tão impossível?"

O quarto estava tão mudado. Era como se Clarissa e Daniel nunca tivessem morado ali. Uma das paredes tinha sido coberta por estantes com livros.

"Como o Bruno é inteligente! Será que ele consegue ler tudo isso?"

Lentamente, percorreu as lombadas: nomes em francês, inglês, espanhol e um monte em português. Ali deviam estar todos os autores de barba branca de que seu professor falava na escola.

Havia um pequeno aparelho de som. Dedilhou os CD's, procurando conhecer um pouco mais da sensibilidade de seu dono.

"Quando ele está triste, qual desses CD's ele ouve? E quando está apaixonado? O que ele ficou ouvindo depois que rompeu com a noiva? Como será ela? Uma professora... Será que ele ainda está apaixonado por ela? Ele disse que não, que o amor era pouco. Será mesmo?"

Não havia cartazes com atrizes de peito de fora. As paredes, cobertas pelos livros, não deixavam espaço para cartazes. Acima da mesa com o computador, onde Bruno trabalhava, estava pendurado um quadro com uma foto de um grupo de rapazes e moças. Devia ser da sua formatura. Era um grupo alegre, risonho, de jovens bonitos e dispostos à conquista do mundo. Fernanda reconheceu Bruno facilmente. Estava igualzinho. Não havia engordado ou emagrecido. De pé, na última fileira, era o mais sério do grupo.

Ao lado do computador desligado, uma pilha de papéis. Na primeira folha estava escrito: "O Romantismo tardio na literatura francesa da segunda metade do século XIX".

"Que nome mais comprido! Romantismo tardio... Minha paixão é precoce, Bruno. Eu é que nasci tarde demais."

A mesa era comprida e, na outra extremidade, havia um frasco da famosa colônia, um tubo de desodorante, um pente e uma escova de cabelo. Destampou a colônia e colocou um pinguinho nas costas da mão esquerda. De olhos fechados, aspirou profundamente o perfume. Sentiu algo como embriaguez, sabendo que a sensação não se devia ao pouquinho de álcool contido na colônia. Usou também o desodorante. Ficou com cheiro de Bruno.

A pele do rapaz estava presente em tudo, envolvendo a menina como magia. Até o calor do seu corpo, que Fernanda adorava sentir durante as aulas, quando Bruno se debruçava sobre ela e algum livro, comentando um trecho, parecia ocupar todo o quarto, aquecendo-a, embalando-a, acalmando-a...

Com o pente, percorreu as cerdas da escova, retirando alguns fios de cabelo. Cabelos de Bruno... De seu fichário, destacou uma folha, fazendo com ela um envelope onde foram guardados os preciosos fios. Sua nova Arca de Tesouros estava progredindo.

Abriu o armário de Bruno, tremendo com a ousadia daquela invasão. Camisas, calças, paletós pendurados. Pegou a manga de uma camisa e cheirou-a. Cheiro de roupa lavadinha, caprichada. Capricho de dona Teresinha.

"Se ela fosse minha sogra, eu nunca ia brigar com ela."

Abriu uma gaveta. Roupas de baixo, meias... Tocou em tudo, sem desarrumar. Com cuidado, pegou uma peça e encostou-a no rosto, sentindo a carícia do tecido.

"Bruno..."

A cama tinha acabado de ser feita pela dona da casa. Fernanda enfiou-se sob as cobertas, imaginando que os lençóis e a fronha não tinham sido trocados. Que, naquela mesma superfície macia do travesseiro, a cabeça de Bruno estivera repousando. Que, debaixo daqueles lençóis, Bruno inteiro tivesse se abrigado. Adormecendo, o aquecer-se do seu corpo pareceu-lhe o calor do corpo do rapaz, como se ele estivesse ali, deitado junto com ela.

"Ai, Bruno..."

* * *

Como estava combinado, Graziela chegou à casa 6 às oito horas, no dia seguinte, um domingo encoberto, friorento, ameaçando garoa. Ia acompanhar Fernanda na visita a seu Joaquim.

– Entre, Graziela – convidou dona Teresinha. – Acabamos de tomar o café da manhã. Venha sentar-se aqui. O café está quentinho, na garrafa. Tem leite e chocolate. Bruno acabou de trazer o pão. Tem geleia de morango e eu já amoleci a manteiga no microondas. Fiz uns bolinhos de chuva que estão uma delícia!

– Ah, dona Teresinha! Já tomei café.

– É, mas bolinho de chuva aposto que você não comeu. Experimente pelo menos um...

* * *

– Já pensou quando todo mundo lá no colégio ficar sabendo que você dormiu *na cama* do Bruno? – Graziela estava excitada com a noite de Fernanda.

No primeiro ônibus que as duas tinham de pegar até o Instituto do Coração, Fernanda protestava, sem tentar esconder sua própria excitação:

– Ei, nada de fofoca, menina! Senão o pessoal vai pensar que o Bruno *estava* na cama junto comigo!

– Que loucura, menina! Aposto que foi *justamente* isso que você imaginou enquanto esperava o sono chegar!

– Graziela! Quer parar?

A amiga continuava a perguntar e a conversar, encurtando o tempo da viagem. Era como se sempre tivessem sido amigas. Como se Fernanda jamais tivesse se roído de inveja da beleza e do sucesso de Graziela com os garotos.

Àquela hora do domingo, o ônibus estava vazio. Olhando a garoinha que molhava de leve mas insistentemente o asfalto, Fernanda pensava como era gostoso ter Graziela como amiga, em vez de uma rival impossível de vencer na disputa por Daniel. Uma nova Graziela! Ou a mesma, só que vista com outros olhos por Fernanda.

"Ela é bonita por dentro também."

Os olhos de Fernanda estavam mudando. O mundo, para Fernanda, estava com outro jeito, com outra alma.

"E com a cara de Bruno..."

19. Num palco iluminado

O tempo passou com sobressaltos, mas, duas semanas depois da internação, caminhou para um domingo em que só faltava ser Natal para que aquela fosse a melhor noite do ano.

A operação de seu Joaquim tinha sido um sucesso. Quatro artérias coronárias haviam sido substituídas e, em seu peito, estava implantada uma válvula artificial moderníssima que lhe regularia para sempre o bater do coração.

Mais alguma coisa aquele médico milagroso tinha conseguido com o coração de seu Joaquim: nas visitas que a família fazia durante sua convalescença, o operado mostrava-se entusiasmado, falando do futuro, de planos e, o que era melhor, parecia ter renovado o amor que um dia conseguira roubar dona Luísa do tocador de serestas ao violão. O amor que havia gerado Fernanda. Estava carinhoso e otimista. O que mais se poderia querer?

Na manhã seguinte, seu Joaquim estaria de volta à Vila das Perdidas Ilusões, com a saúde e as ilusões recuperadas. Depois da visita, Dona Teresinha permaneceu com a mãe de Fernanda para ajudá-la na pequena mudança necessária à volta ao lar. Só retornaria à casa 6 bem mais tarde.

Fernanda, Bruno e Graziela nada podiam fazer para ajudar naqueles pequenos preparativos e ficou decidido que voltariam antes. Já estava bem escuro quando os três desceram do segundo ônibus. Percorrendo a ruazinha da vila, com Bruno de um lado e Graziela de outro, Fernanda quis prolongar a alegria e o alívio que sentia:

– Esta noite é especial e eu convido vocês dois para um jantar muito especial que eu mesma vou fazer!

– Ora, mas que convite irresistível! – riu-se Bruno.

– Ha, ha! Só o que tem de esquisito é que você está sendo convidado a jantar na sua própria casa, Bruno! Isso está combinado com a sua mãe desde ontem. Fui com ela à feira e compramos tudo. Vocês vão adorar, modéstia à parte!

Quando chegaram à casa 6, a iluminação da rua revelava uma expressão cúmplice e meio safada de Graziela quando falou para os dois:

– Ora, mas que pena, Fernanda! Você não fica chateada se eu não aceitar o convite? Prometi para a minha mãe chegar cedo em casa. Meus tios vão aparecer para uma visita.

– Ah, Graziela!

* * *

O pequeno aparelho de som de Bruno tinha descido para a sala e tocava uma canção delicada, em francês, na voz de um cantor que Fernanda jamais ouvira. Mas que era uma carícia sonora.

Quando, triunfante, passou da cozinha para a sala trazendo a travessa com seu jantar caprichado, Bruno havia preparado o ambiente. Ele mesmo pusera a mesa e, sobre dois piresinhos de café, acendera duas velas comuns. Para Fernanda, pareceram dois candelabros de ouro, colocados sobre uma mesa de banquete.

Bruno apagou a lâmpada pendurada no fio sobre a mesa e os dois sentaram-se frente a frente, apenas iluminados pelas duas linguinhas amarelas. A luz fraca e a voz rouca do cantor francês tornavam o ambiente aconchegante, sensual, maciozinho...

Quase não falavam, mas, quando alguma frase era pronunciada, as vozes saíam também roucas, como se fosse necessário falar baixo para não perturbar a concentração do cantor.

– Vamos dançar, Fernanda?

Bruno levantou-se e estendeu a mão para ela. Fernanda aproximou lentamente seu corpo do corpo de Bruno. Ele era bem mais alto do que ela e seu rosto encostou-se na malha de gola alta, como naquela tarde em que o ombro enxugara suas lágrimas. Mas Fernanda, naquele momento, estava muito, muito longe de chorar. Deixou-se conduzir docemente no embalo das palavras ininteligíveis da canção. Não precisava entender francês. Aquelas palavras falavam a linguagem universal do encontro. Palavras que Fernanda escrevia de olhos fechados. Sentia-se num palco iluminado, vestida de dourado, envolvida por salpicados pedaços de estrelas a girar pelo chão, onde os dois pisavam distraídos, enlevados...

"*Dançons, joue contre joue...*"

Ainda embalados suavemente pela canção, o rosto de Bruno descolou-se de seus cabelos e afastou-se um pouco para olhá-la. Era uma sombra mal-iluminada pela luz das velas. Mas seus olhos brilhavam no mesmo tom do sorriso. Os lábios do rapaz pareciam prontos a descer na direção dos seus. Os dela estavam entreabertos, receptivos...

"Bruno..."

Fechou os olhos novamente, à espera. Em sua mente, o momento acontecia no ritmo lento da música, da luz das velas. Lembrou-se de tudo que estava mudando em sua vida, na transformação de uma rival em amiga, na nova amiga que sofrera tanto com a destruição de seu sonho de tornar-se uma modelo famosa. Um sonho destruído por um homem mais velho, que tinha tentado aproveitar-se do sonho de Graziela para...

"Um homem mais velho! Émerson... Bruno!"

De repente, a imagem de Bruno transformava-se na descrição daquele Émerson, daquele agressor, do destruidor cruel dos sonhos de Graziela. Um homem mais velho, envolvente...

"Para conquistar o que você quer, garota, você tem de aprender a comprar os outros com o seu corpo!"

"Um homem mais velho! Como... como Bruno!"

Soltou-se do abraço, transformando a magia do momento em pânico.

– O que foi, querida?

Cambaleou um pouco, dando dois passos para trás e encarando o rapaz, que a olhava sem compreender.

– O que foi?

– Nada. É que eu... me desculpe...

Voltou-lhe as costas e correu escadas acima, trancando-se no quarto.

* * *

O sono não veio, nada veio, nada conseguia sobrepor-se às emoções e aos medos tão novos na experiência de Fernanda. Não acendeu a luz do quarto. Despiu-se, vestiu a camisola e jogou-se na cama sobre as cobertas. Não conseguia fazer diminuir o ritmo acelerado de seu coração. Era como se a imobilidade fosse incapaz de acalmá-la. O corpo estava imóvel, mas os pensamentos corriam uma verdadeira maratona, tropeçando uns nos outros sem saber onde ficava o ponto de chegada.

O tempo foi passando. Quanto tempo? Era impossível dizer. Ouviu ruídos no corredor entre os quartos e o banheiro. Dona Teresinha devia ter chegado. Portas abriram-se e fecharam-se. Depois, só o silêncio da noite. O que ela havia temido? Que Bruno fosse como Émerson? Um canalha estuprador de adolescentes? Ou, na verdade, tinha medo de si mesma, temia passar de uma menina colecionadora de amores em caixas de papelão a uma mulher que acreditava na possibilidade da concretização dos sonhos? O sonhos são possíveis? Podem ser realizados? Podem sair de dentro das caixas para tornarem-se vida?

Levantou-se e abriu a porta. Saiu para o corredor escuro e desceu as escadas silenciosa como um gato. O espaço oco e negro da sala envolveu-a. Aonde ela pretendia ir? À cozinha? Buscar um copo d'água? Por que tinha levantado da cama? Por que havia descido as escadas?

O espaço da sala era escuro, mas não estava vazio.

Sem nada ver, Fernanda percebeu nitidamente a presença quente de Bruno, de pé, à sua frente, no mesmo silêncio. Talvez com a mesma intenção da menina, que ela nem sabia qual pudesse ser.

Sentiu mãos suavemente apoiadas em seus ombros. Os corpos colavam-se, dessa vez numa dança sem música. O rosto daquela sombra oculta pela escuridão novamente descia para ela.

"Bruno..."

"Fernanda..."

O que seus lábios haviam tremido para conceder ainda a pouco, ao som do veludo da voz francesa, e de que sua cabeça sempre em obras a havia feito fugir, agora derramava-se sobre ela, fazendo daquela primeira vez, daquele primeiro beijo, uma doce realidade.

Naquele instante, Fernanda descobriu que sonhos podem ser vividos de verdade.

20. Um possível amor

"Não! Ele não é como esse Émerson! Ele não é como ninguém. Ele é único! É *meu*!"

Depois daquele maravilhoso encontro às escuras, sem uma palavra, Bruno havia conduzido a menina de volta ao quarto. Fez com que ela entrasse e fechou a porta suavemente.

"Boa noite, Fernanda."

Boa? Aquela tinha sido a melhor noite de sua vida! Acordou com festa na alma. Quando desceu, dona Teresinha preparava o café.

– Bom dia, dona Teresinha!

– Bom dia, Fernanda.

– Cadê o Bruno?

– Já saiu para a faculdade. O café está pronto.

– Ai, desculpe, dona Teresinha, mas vou correndo pra casa. O papai vai chegar bem cedinho do hospital. Pode ser que ele chegue antes de eu ter de ir para a escola!

Saiu sem perceber que a expressão de dona Teresinha estava estranha, muito estranha.

* * *

O pai ia voltar cedo do hospital, mas nem tanto, e Fernanda acabou indo para a escola sem o café da manhã.

A manhã transcorreu como se a escola não fosse de verdade, como se as aulas não se repetissem, uma atrás da outra, e como se os professores fossem fantasmas. O mundo de Fernanda estava mudado. Tinha se transformado na noite anterior e ficaria completo logo mais, quando ela tivesse o pai de volta a casa, sadio e feliz. A felicidade estampava-se em seu rosto e só Graziela não achava estranho aquele sorriso que não se apagava mais.

* * *

A tarde toda foi um acontecimento na Vila das Perdidas Ilusões. Quase todos os moradores fizeram questão de dar uma passadinha para cumprimentar seu Joaquim pelo sucesso da operação.

E o operado recusava-se a ser um convalescente. Não aceitou ficar na cama e muito menos de pijama. Vestiu-se como se fosse sair, de gravata, paletó e tudo, do jeito que antes trabalhava no escritório de contabilidade. Recebia as visitas na porta e para lá as levava de volta, falando alto e dando gargalhadas que dona Luísa e Fernanda não ouviam há muito tempo.

– Obrigado por ter vindo, vizinho. Eles me aposentaram. Mas estou novo em folha! Agora vocês vão ver do que eu sou capaz. Estou pensando em começar um negócio que...

* * *

Nas segundas-feiras, Bruno almoçava na faculdade e só chegava à noite. Fernanda ficou pensando que o relógio tinha alguma coisa contra ela, pois teimava em fazer cada hora durar os mesmos sessenta minutos e cada minuto os mesmos arrastados e aborrecidos sessenta segundos.

– Mãe? Você me responde uma pergunta?

– Por que não, Fernanda?

– O pai está como novo, não?

– Está sim, puxa! Felizmente, está sim!

Na cozinha, dona Luísa coava mais um bule de café para servir às visitas que se sucediam. Fernanda aproximou-se dela, bem juntinho.

– Mamãe, você casaria com o papai mesmo que ele tivesse o dobro da sua idade?

– Ora, Fernanda! Para isso ele teria de ter oitenta anos!

– Não, mãe! Estou falando de antes, *quando* vocês se casaram! O que eu quero saber é se...

A mãe virou-se da frente do fogão e olhou para a filha, já mais alta do que ela. Seus olhos revelavam muito mais compreensão do que aquela mulher poderia ter adquirido em apenas quarenta anos de vida. Ali havia séculos de compreensão.

– Eu sei do que você está falando, minha filha. Se eu tivesse catorze e ele vinte e oito anos, eu correria atrás dele e não o deixaria escapar por nada deste mundo.

– Como?! O que você está dizendo?

A expressão de dona Luísa estava uma delícia! Ah, que sorriso gostoso, de amor, carinho, apoio! Fernanda abraçou-se a ela, apertado:

– Eu te adoro, mãezinha! Eu te adoro!

* * *

Anoiteceu finalmente, e Fernanda atravessou a ruazinha. Antes que batesse à porta da casa 6, dona Teresinha abriu-a como se a estivesse esperando.

– Entre, Fernanda.

A menina obedeceu, um pouco surpresa com o jeito daquela senhora.

– O Bruno já chegou?

Um suspiro foi a primeira resposta de dona Teresinha. A segunda foi um desastre:

– Bruno não vai voltar, querida. Ele tem de terminar umas pesquisas para a dissertação da faculdade e vai ter de morar mais perto de lá. Vai dividir um apartamento com um colega.

"Como? O que está acontecendo?"

– Ele vai se mudar? Mas...

Dona Teresinha estendeu um envelope para ela:

– Vai, sim, minha filha. Mas pediu para eu entregar esta carta para você.

Sem conseguir esconder o pânico, Fernanda pegou o envelope. Não estava colado. Dentro, uma folha de papel com a letra de Bruno:

Querida Fernanda,

Lembra-se daquele problema de matemática que você resolveu? Lembra-se do "eu" e do "tu"? Pensei muito, foi difícil, mas cheguei à conclusão de que eu não sei resolver esse problema. Aquela questão das diferenças é uma loucura impossível. É uma condição insolúvel. Nem a matemática nem a literatura podem resolver essas diferenças. Talvez, olhando a partir da sua margem da vida, você possa anular essa distância; da minha margem, ela é intransponível. O rio que corre entre nós terá sempre a mesma largura.

Você foi uma descoberta, algo que eu não esperava que viesse a acontecer. Jamais poderei esquecer essa doce, maravilhosa descoberta que coloriu minha vida para sempre. Mas, infelizmente, não é possível possuir essa descoberta. Ela continuará comigo como a mais doce e eterna das recordações.

Adeus, minha menina. Ah, seja feliz, por favor, por mim, seja feliz. É tudo o que eu peço. É tudo com que eu sonho.

Para sempre,

Bruno

A cor devia ter-lhe fugido do rosto e era impossível controlar o tremor das mãos. Nada conseguia ver à frente. Naquele momento, não havia mais frente em sua vida. Não havia mais chão sob seus pés.

Dona Teresinha pegou-a pela mão e levou-a para o sofá. Fez com que se sentasse.

– Fernanda, me ouça...

A voz daquela senhora mal conseguia formar sentido em sua mente. Agarrava as duas mãos de Fernanda, com força e insistência e, aos poucos, os olhos da menina conseguiram encará-la.

– Minha filha, eu conheço muito bem o meu filho e aprendi a conhecer você. E a gostar muito de você. Sei o que está acontecendo e posso imaginar muito bem o que deve estar passando pela cabeça do Bruno neste momento. Do mesmo modo, sinto o que você está sentindo agora e compreendo.

– Como? Eu...

– Minha filha, já tenho a idade que preciso ter para acreditar que o impossível é uma coisa muito triste quando a gente o aceita.

– Eu... não estou entendendo...

Da cozinha vinha outra pessoa.

– Graziela?! O que você está fazendo aqui?

– Estive conversando com dona Teresinha, Fernanda. Ouça o que ela tem a dizer.

– Dona Teresinha, o que está havendo? O que vocês duas conversaram?

– Acho que não preciso explicar nada, Fernanda. São seis e meia. Se você pegar um ônibus agora, mesmo com esse trânsito, vai estar na Cidade Universitária lá pelas sete e meia. A aula do Bruno vai estar começando. Tente chegar antes.

– Como? Onde?

– Já expliquei à Graziela. Ela vai com você até lá. Ela sabe como chegar ao Departamento de Letras. Vá, minha filha.

Fernanda estava paralisada, e coube às outras duas tirá-la do torpor.

– Vamos, Fernanda. O trânsito é horrível a essa hora. Precisamos nos apressar. Venha.

Dona Teresinha, delicadamente, empurrava-a para a porta.

– Vá, Fernanda. Lute!

* * *

O tempo passou como numa embriaguez, mas o trânsito, no sentido contrário aos bairros, não estava tão ruim. Ao lado de Fernanda, apertando seu braço, dando-lhe forças, Graziela parecia uma mulher. Madura, segura do que estava fazendo, orgulhosa de poder fazê-lo. Foi um guia de cego. Fernanda deixou-se conduzir docilmente.

Nunca antes estivera na Cidade Universitária. Graziela tinha um mapa desenhado por dona Teresinha e a conduzia com segurança. O prédio do Departamento de Letras dividia-se em dois por um pátio ao ar livre onde muita gente circulava e banquinhas de vendedores de livros enfileiravam-se uma ao lado da outra. Na porta do prédio da direita, um rapaz procurava um espaço para atravessar um grupo que conversava, atrapalhando a entrada.

"Bruno!"

Sentiu a mão de Graziela uma última vez apertando-lhe o braço.

– Pode deixar que eu volto sozinha, Fernanda. Vá.

– Como?

– Vá, sua boba!

Correu sem se voltar, deixando a amiga para trás. Não pensava, não temia mais dor alguma. Viesse o que tinha de vir, acontecesse o que tinha de acontecer. Ela queria Bruno. Haveria de atravessar o rio sozinha, haveria de chegar à margem dele, haveria de anular a largura do rio.

Forçou a passagem através do grupo que obstruía a porta e entrou no saguão do prédio a tempo de ver Bruno afastando-se de costas ao longo de um corredor.

– Bruno!

O rapaz parou e virou-se.

Fernanda continuou andando em sua direção. Àquela hora, o congestionamento de estudantes provocava a situação exatamente oposta à privacidade que Fernanda precisava para dizer o que tinha a dizer. Assim, teve de falar alto. Se alguém ouvisse, tudo bem. Se alguém estranhasse, azar desse alguém!

Chegou-se muito próxima a ele. Estava excitada e decidida demais, mas não o tocou.

– Bruno, meu querido, sabe de uma coisa? Estive pensando naquele problema de matemática. Se a diferença fosse de catorze anos, quando o "eu" tiver cento e catorze, o "tu" terá cem. Aí, ninguém vai se importar muito com essa diferença, não é?

Os olhos do rapaz umedeceram-se. Alguém, passando por trás, empurrou-o e Bruno apoiou as mãos nos ombros da garota. Fernanda tomou-lhe uma das mãos e levou-a aos lábios, beijando-a fervorosamente.

– Fernanda! Fernanda! Cem anos? Cento e catorze anos? Querida, minha menina querida! Se esse problema fosse conosco, se o "eu" fosse eu e o "tu" fosse você, ainda faltariam noventa e seis anos para esse dia!

– Então nós temos noventa e seis anos para experimentar se vai dar certo, não é, Bruno? Eu quero experimentar. E você?

– É o que eu mais quero no mundo, Fernanda...

As pessoas que se aglomeravam naquele corredor não pareciam ter tempo para estranhar aquele casal, e muito menos o modo apaixonado com que se olhavam, se devoravam, se consumiam, se entregavam...

Mas os dois sabiam que, dali para a frente, certamente haveria gente que estranharia, que acharia impossível aquele amor.

Idades muito distantes, não é? Mas um amor tão próximo, tão intenso, tão imenso amor...

© EDUARDO SANTALIESTRA

Meu nome é Pedro Bandeira. Nasci em Santos, em 1942, e mudei-me para São Paulo em 1961. Cursei Ciências Sociais e desenvolvi diversas atividades, do teatro à publicidade e ao jornalismo. A partir de 1972 comecei a publicar pequenas histórias para crianças em publicações de banca até, desde 1983, dedicar-me totalmente à literatura para crianças e adolescentes. Sou casado, tenho três filhos e uma porção de netinhos.

***Amor impossível, possível amor**, de minhas tantas novelas juvenis, talvez seja a que mais me toca emocionalmente. Eu era amigo do grande poeta e escritor Carlos Queiroz Telles, o Queiroz, como todos o chamávamos, com a intimidade e a alegria que ele a todos sempre ofereceu. Em 1993, o Queiroz não resistiu a uma cirurgia cardíaca e deixou viúva sua esposa Rita e órfãos seus filhos Gabriel, Tiago e Taís. Mas também deixou começada sua última novela juvenil. Havia apenas o primeiro capítulo mais ou menos rematado e anotações sobre os caminhos que ele pretendia seguir. Encarregado que fui da difícil e dolorosa tarefa de completar o texto, passei três anos trabalhando com a paixão da menina Fernanda, lidando com uma personagem que* *eu não concebera, mas que agora aceitara adotar. Logo compreendi que a novela era uma homenagem do Queiroz a sua esposa, que era bem mais nova do que ele, assim como o personagem Bruno é bem mais velho do que Fernanda. E adoção é uma coisa séria, que implica responsabilidade em dobro. E agora está em suas mãos o resultado da soma das emoções do Queiroz com as minhas próprias emoções. Fiquei feliz por ter tomado uma gostosa carona na eternidade do Queiroz. Espero que você goste dessas duas paixões.*

Para conhecer melhor o Pedro Bandeira, acesse o *site*
www.bibliotecapedrobandeira.com.br

© ARQUIVO DO AUTOR

Carlos Queiroz Telles nasceu quatro vezes. A primeira, lá pelos idos de 1936, na primeira metade do século XX, como ele mesmo dizia; a segunda, ao renovar seu coração com pontes de safena; a terceira, ao encontrar Rita, seu jovem e delicado amor; a quarta, quase no finalzinho do século XX, precisamente em 1997, quando este seu livro – seu tão sonhado *Amor impossível, possível amor* – nasceu pelas mãos de Pedro Bandeira. Gabriel, seu filho mais velho, Tiago e Taís, da mãe Rita, não poderiam estar ausentes nesse renascimento tão esperado.

Poeta e dramaturgo, Carlos Queiroz Telles cursou a Faculdade de Direito da USP, onde se formou, participou da fundação do Grupo de Teatro Oficina. Trabalhou em publicidade, dedicou-se ao magistério e à criação de programas para televisão. Publicou mais de 50 obras e mais de duas dezenas de peças teatrais encenadas no Brasil. No exterior, seus textos "Muro de Arrimo" e "Marly Emboaba" já foram encenados em mais de 20 países.

Faleceu em 17 de fevereiro de 1993, mas continuará para sempre vivo em livros como este.

Pela Editora Moderna, Carlos Queiroz Telles publicou:

Infantis – *Abobrinha quando cresce...* e *Asas brancas*.

Juvenis – *A cama que sonhava*, *Quase cachorro* e *Quase menino*, *Sementes de sol* e *Sonhos, grilos e paixões*.